L'évadé

Gabriel Boyer

L'évadé

Roman

L'évadé

ISBN : 978-2-9574626-4-3

Pour mes lecteurs.

Merci.

Cette enquête est une pure fiction sans rapport avec des personnes ou des faits réels. Toute ressemblance avec tout être réel, vivant ou mort, ou avec toute firme, existant ou ayant existé, ne pourrait être qu'une coïncidence non voulue ni envisagée par l'auteur.

Auto-édition

Couverture réalisée par Gabriel BOYER
Tous droits de reproduction, d'adaptation et de traduction, intégrale ou partielle réservés pour tous pays.

Deux ans plus tard, le jour du procès arriva. Les abords du palais de justice de Paris étaient sous surveillance policière. Pierre était déjà en place dans le box des accusés. L'avocat entra en robe enfin et très excité.

— D'attaque ? questionna Bouteille en examinant le Légionnaire. Pas trop le trac ?
— Pas du tout.
— Vous avez vu la salle ?

Pierre ne répondit pas.

Le public était debout. Son regard rencontra d'autres regards et il ne broncha pas.

Le greffier, enveloppé dans sa robe noire, lança d'un ton sec

— La Cour !

La Cour fit son entrée.

— L'audience est ouverte !... Veuillez-vous asseoir ! lança le président vêtu d'une robe rouge doublée d'une fourrure blanche sur le revers des épitoges.

Pierre s'assit et tous les regards convergèrent vers lui.

Son regard, lentement, calmement, fit le tour complet de l'assemblée, s'arrêtant un instant sur des visages de connaissance. Sa main, machinalement, rectifia la cravate qu'il avait choisi, puis il prit son mouchoir pour essuyer ses paumes déjà moites.

Le président prit immédiatement la parole.

— Accusé, quels sont vos noms et prénoms ?
— Comme si vous ne le saviez pas ! répondit d'un ton sec Pierre.
— Je vous prie de répondre à ma question. Quels sont vos noms et prénoms !
— Barani Pierre.

— Prénom de votre père ?

— Jacques.

— Nom et prénom de votre mère ?

— Josette Périssac.

— Vous pouvez vous asseoir... Il va être procédé à l'appel des jurés, vous voudrez bien répondre présent et au fur et à mesure, je mettrai vos noms dans l'urne... Monsieur le greffier, procédez s'il vous plaît !

À chaque juré présent, le Président versait le jeton correspondant à leur nom dans l'urne. Puis il s'adressa à Pierre.

— Accusé, il va être procédé au tirage au sort du jury chargé de vous juger. Je rappelle à Monsieur l'avocat général et à la défense leurs droits à la récusation... Mesdames et Messieurs, vous voudrez bien prendre place aux côtés de la Cour dans l'ordre fixé par le sort !... Alors je vais tirer au sort. Monsieur Jurançon, en votre qualité de premier juré, vous signerez la feuille des questions avec nous, prenez place aux côtés de la Cour !

Le président procédait au tirage au sort des jurés et personne ne s'en occupait, pas même les avocats qui lançaient de temps en temps, au petit bonheur :

— Récusé !

Le greffier faisait à son tour l'appel du jury.

— Mesdames et Messieurs les jurés, veuillez-vous lever, demanda le président... Mesdames et Messieurs, la Cour va recevoir votre serment ! Vous voudrez bien, la main droite levée, dire je le jure !... Vous jurez et promettez d'examiner, avec l'attention la plus scrupuleuse, les charges qui seront portées contre Barani Pierre. De ne trahir ni les intérêts de l'accusé ni ceux de la société qui l'accuse, de ne communiquer avec personne jusqu'après votre déclaration, de n'écouter ni la haine ou la méchanceté, ni la crainte ou l'affection, de vous décider d'après les charges et les moyens de défenses suivant votre conscience et votre intime conviction, avec l'impartialité et la fermeté qui conviennent à un homme probe et libre et de conserver le secret des délibérations même après la cessation de vos fonctions... Monsieur le greffier poursuivez !

À l'appel de leur nom, chaque juré répondait *Je le jure* !

— Je déclare le jury définitivement constitué. Les autres jurés peuvent se retirer… Monsieur l'huissier, vous voudrez bien faire l'appel des témoins.

Pendant l'appel, Pierre se disait qu'il fallait, puisqu'on allait passer trois jours dans cette salle, s'habituer à l'atmosphère. Déjà de petits détails se gravaient dans sa mémoire, comme l'horloge qui se trouvait juste au-dessus du greffier, comme aussi la pose de l'assesseur de droite, presque couché dans son fauteuil !

— Que les témoins se retirent dans la salle qui leur est réservée, ils n'en pourront sortir que pour venir déposer !... Accusé, soyez attentif à ce que vous allez entendre. Monsieur le greffier va faire lecture de l'arrêt qui vous renvoie devant cette Cour d'assises !

Le greffier procéda à la lecture de l'acte d'accusation.

— La chambre d'accusation de la Cour d'appel de Paris a rendu l'arrêt dont la teneur suit. La Cour après en avoir délibéré conformément à la loi, considérant que des pièces de l'instruction résultent les faits suivants. L'année des faits, en décembre, Barani ayant formé le projet de commettre une agression contre un établissement bancaire de la banlieue parisienne prit contact avec divers repris de justice pour trouver des complices. C'est ainsi, que le mercredi 26 décembre, il devait rencontrer le nommé Varetz au domicile de ces derniers, 14 rue Voltaire à Villeneuve le Roi, Val de Marne. La police ayant eu vent de ce rendez-vous et Barani faisant l'objet d'un mandat d'arrêt pour un cambriolage commis antérieurement, des inspecteurs de police décidèrent de l'appréhender lors de son arrivée chez Varetz. Mais Barani réussit à se réfugier dans l'appartement voisin où se trouvait Madame Pavković Gabriela ainsi que ses deux enfants et une voisine. Barani qui était armé menaça d'abattre ces quatre personnes si la police ne lui laissait pas quitter librement l'immeuble. Des tractations ont eu lieu au cours desquelles Barani exigea également que l'on mette à sa disposition un véhicule automobile et une forte somme d'argent. Bien que les autorités aient données leur accord. Barani abattit successivement deux de ses otages avant de prendre la fuite en entrainant avec lui un troisième qu'il devait libérer quelques heures plus tard, après avoir acquis la certitude que la police avait perdu sa trace. Interpellé par la gendarmerie le 18 janvier de l'année suivante à Jullouville dans la Manche, Barani fit à nouveau l'usage de son arme et blessa trois personnes avant d'être appréhendé. Dis que les pièces de l'instruction résultent de charges suffisantes contre Barani Pierre. Premièrement d'avoir à Villeneuve le Roi, le 26 décembre commis un homicide volontaire sur la personne de Pavković Gabriela. Deuxièmement, d'avoir dans les mêmes circonstances de temps et de lieu commis un homicide volontaire sur la personne de Pavković Sacha avec cette circonstance que ledit homicide volontaire commis sur la personne de Pavković Gabriela a précédé ou accompagné ou suivi ledit homicide volontaire commis sur la personne de Pavković Sacha. Troisièmement, d'avoir dans les mêmes circonstances de temps et de lieux détenue et séquestrée Mademoiselle Raclé Sylvie et la fillette, Pavković Katarina, avec ces circonstances que les personnes détenues et séquestrées l'ont été comme otages pour favoriser la fuite et assurer l'impunité de l'auteur d'un crime avec ces circonstances que les personnes détenues et séquestrées ont été menacées de mort. Quatrièmement, d'avoir dans les mêmes circonstances de temps et de lieux portés des coups et fait des blessures à Mademoiselle Raclé Sylvie. Lesdites blessures et lesdits coups ayant entrainés une incapacité de travail supérieure à huit jours. Cinquièmement, d'avoir à Jullouville dans la Manche, le 18 janvier tenté de donner volontairement la mort à deux gendarmes, Fauché et Morteaux et à un passant, le dénommé Grandet, tentative qui a été manifestée par un commencement d'exécution et qui n'a manqué son effet que par des circonstances indépendantes de la volonté de son auteur. Sixièmement d'avoir dans les mêmes circonstances de temps et de lieu détenus sans autorisation des armes et des munitions de 4e catégorie crimes et délits connexes prévus et réprimés par le code pénal, prononce la mise en accusation de Barani Pierre que le renvoi devant la Cour d'assises de Paris pour y être jugé.

— Merci monsieur le greffier… Barani levez-vous !... Lever vous Barani ! Vous avez été placé sous mandat de dépôt le 18 janvier et vous vous trouvez depuis cette date sous le régime de la détention provisoire. Alors avant votre arrestation vous n'exerciez aucune profession. Vous êtes célibataire et pas d'enfant et vous avez fait l'objet déjà de plusieurs condamnations. Vous comparaissez devant cette Cour d'assises des chefs d'inculpation dont lecture vient d'être donné et vous êtes à ce titre passible de la réclusion à la perpétuité. Vous allez être jugé aujourd'hui tout au long de votre procès. Vous pourrez vous exprimer librement. Est-ce bien clair ?

— Qu'est-ce que j'en ai à foutre ! Vous avez décidé de me juger alors jugez-moi tous les trois !

— Maintenant ça suffit Barani !

— Je croyais que je pourrais m'exprimer librement.

— Sur les faits oui mais pas pour insulter la Cour et le jury.

— Je me tais.

— Restez debout !

— Je suis mieux assis.

— Je vous ordonne de vous lever ! Barani, je vous conseille de ne pas persister dans cette attitude qui ne vous vaudra certainement pas l'indulgence du jury. Je vais procéder à votre interrogatoire. Je retracerais d'abord votre curriculum vitae et ensuite nous examinerons les faits qui motive votre comparution. Vous êtes né à Alger. Votre père était inspecteur des impôts. Vous avez une sœur, Josiane. Vos parents formaient un couple très uni et votre enfance s'est déroulée dans une excellente ambiance familiale. C'est après avoir obtenu votre baccalauréat que vous avez trouvé du travail à l'âge de 18 ans dans une entreprise de transport maritime dont le directeur était un ami de votre père. Vous résidiez toujours chez vos parents et avec votre sœur. Vous fréquentiez des jeunes gens issus du même milieu que vous c'est-à-dire, en gros, la petite bourgeoisie d'Alger. Les camarades que vous aviez et qu'on a pu retrouver ont déclaré aux enquêteurs que vous étiez coléreux, violent cherchant toujours la bagarre. Puis vous avez fait la connaissance d'un certain Paul Gray avec lequel vous devenez très vite inséparables. Ce Paul est de deux ans votre aîné et avait déjà un lourd passé de délinquant. Le saviez-vous ?

— Naturellement.

— Et ça ne vous a pas empêché de continuer à le fréquenter.

— Non.

— Plus tard, Gray vous a entraîné dans un coup ; le cambriolage d'une villa déserte dans la banlieue d'Alger.

— Il ne m'a pas entraîné c'est moi qui avais tout organisé.

— Ah… Pourtant les tribunaux d'Alger en ont jugé autrement puisqu'ils ont infligé cinq années de prison au nommé Gray tandis qu'il ne vous condamnait vous qu'à deux ans avec sursis.

— Je m'étais bien défendu, voilà tout !

— Bon, admettons ! Vous décidez d'entrer dans l'armée, plus particulièrement dans la Légion. Votre conduite sur le terrain est exemplaire et vous êtes cité deux fois, mais il n'en va pas de même quand votre unité est au repos. Je lis, insubordination violences et voies de fait sur la personne d'un sous-officier bris de matériel, etc… Et j'en passe. L'année suivante vous démissionnez. Vos parents vous proposent de retourner vivre chez eux alors vous refusez. Pourquoi avez-vous refusé ?

— La famille j'en avais ras le bol.

— Vous vous êtes installés alors à Oran. Vous fréquentez des milieux peu recommandables des proxénètes et des malfaiteurs. Au mois de mars, votre responsabilité est engagée dans une affaire de vol qualifié. Vous vous cachez pour échapper à la police. Mais six semaines plus tard, vous participez à une agression à main armée au cours de laquelle un employé de banque est blessé et vous êtes écroué. La Cour d'assises d'Alger devant laquelle vous comparaissez vous inflige six ans de réclusion criminelle. Alors, vous purgez votre peine et vous bénéficiez d'une mesure de libération anticipée après avoir accompli presque quatre ans de détention. C'est alors que vous décidez de vous installer à Marseille. Pourquoi n'êtes-vous pas retourné à Alger.

— Avec les souvenirs que j'en avais, merci très peu pour moi.

— Pourtant, vos parents y résidaient toujours. Et, votre mère était même très malade. Vous n'êtes pas allé la voir.

— À quoi, ça aurait servi ! Et puis, tous mes copains étaient à Marseille.

— Quels copains ?

— Les copains.

— Ceux que vous aviez connu en prison.

— Bien sûr, et ceux d'avant aussi.

— Alors, que faisiez-vous à Marseille ?

— Je travaillais pour Monsieur Calvi.

— Ange Calvi ?

— Mhmm

— J'avais connu un de ses gars en taule.

— Il m'avait recommandé. Alors, Monsieur Calvi m'a embauché tout de suite.

— Il vous a embauché pour faire quoi ?

— J'étais barman dans une de ses boîtes de nuit.

— Oui, oui, effectivement... Oui, vous étiez barman mais vous aviez aussi d'autres activités moins avouables. Vous avez pris part à trois hold-up dont l'un, le dernier s'est terminé de façon tragique puisque vous avez abattu un gardien de nuit dans des conditions particulièrement horribles.

— Quand on fait ce métier-là, on sait qu'on prend des risques.

— Quel métier, gangster ?

— Non, pas moi ! L'autre, le gardien de nuit.

— Vous êtes arrêté ainsi que vos complices et vous êtes traduit une nouvelle fois devant une Cour d'assises de Marseille. Les jurés des Bouches du Rhône vous condamnent pour vol qualifié et homicide volontaire à treize années de réclusion criminelle.

— C'était cher payé !

— Mais enfin, vous aviez tué un homme, Barani ! Ne vous plaignez pas ! Au cours de votre détention à la centrale d'Eysses, située sur la commune de Villeneuve-sur-Lot dans le département du Lot-et-Garonne, un incident s'est produit. Un détenu a été tué à coups de couteau au cours de la promenade dans des circonstances assez obscur. De notoriété publique vous étiez en très mauvais termes avec lui, vous l'aviez même menacé de mort à plusieurs reprises. Et, le couteau vous appartenait. L'homme, avant de mourir, vous a formellement accusé. Mais, d'autres détenus ont affirmé que vous étiez avec eux au moment du crime dans une autre partie de la cour et que vous ne pouviez être le meurtrier. L'enquête n'a pu apporter la preuve de votre culpabilité et vous avez bénéficié d'un non-lieu.

— Ça ne les a pas empêchés de me foutre soixante jours de mitard.

— Oui, pour menaces et détention d'armes prohibées. Vous avez été transférée à la maison centrale de Clairvaux, sur la commune de Ville-sous-la-Ferté, dans le département de l'Aube. Vous avez fini de purger votre peine. Votre levé d'écrou signé, vous avez aussitôt gagné Paris. Pour quelle raison ?

— Je ne savais pas où aller.

— Ben, justement alors pourquoi Paris.

— Un copain à Clairvaux m'avait parlé d'une fille Vivianne en me disant que je pourrais m'installer chez elle.

— Vivianne, c'est mademoiselle Ubré, Monsieur le président, lança l'huissier.

— Oui… Oui, Vivianne c'est son nom de travail… Alors vous êtes installé chez elle au début de novembre. Qu'avez-vous fait jusqu'au 26 décembre ?

— D'abord, j'ai commencé par me reposer… Après 12 ans de taule on a besoin de reprendre des forces.

— Vous vous êtes reposé pendant deux mois ! Et de quoi viviez-vous ? Vous aviez de l'argent ?

— Non, Vivianne, m'en avait avancé.

— Et, c'est sans doute pour la rembourser que le 30 novembre vous avez commis un cambriolage à Lachelle près de Noailles. Cambriolage dont d'ailleurs nous ne parlerons pas puisque le cas a été disjoint. L'affaire s'étant passée dans l'Oise, vous serez jugé ultérieurement avec vos complices par la Cour d'assises de Beauvais. Bon et bien voilà à peu près tout ce que l'on peut dire de votre vie avant le mois de décembre de l'année des faits. Avez-vous quelque chose à ajouter ?

— De toute façon, ce que je pourrais dire…

— Des questions Mesdames et Messieurs les jurés ? Monsieur l'avocat général ?

— Oui Monsieur le président… Barani, quand vous avez été arrêté après le meurtre du gardien de nuit vous avez déclaré aux enquêteurs que les agressions que vous avez commises l'ont été à l'instigation d'Ange Calvi et que vous aviez seulement exécuté les ordres de votre patron. Un peu plus tard, au cours de l'instruction vous êtes revenu sur ces déclarations et vous avez affirmé que Calvi n'y était pour rien dans ces hold-up. Vous avez même précisé que vous ne le connaissiez pas et que vous ne l'aviez jamais rencontré. Comment expliquez-vous ces contradictions ?

— Les flics m'avaient tabassé, alors j'ai dit n'importe quoi pour avoir la paix.

— Les brutalités policières, oui… Malheureusement, je constate que vos complices, arrêtés et interrogés en même temps vous, n'ont pas fait la moindre allusion à Calvi. Pour eux, il n'y avait qu'un seul patron vous, Barani !

— Monsieur le président ! lança maître Bouteille.

— Oui, maître.

— Dois-je rappelé à Monsieur l'avocat général, que l'affaire à laquelle il fait allusion a été jugé. Il y a de cela plus de 12 ans, avez-vous l'intention d'en refaire l'instruction ?

— Non, non, maître… Tranquillisez-vous, j'ai seulement voulu mettre en lumière un certain trait de caractère de votre client dont j'aurai d'ailleurs l'occasion de reparler.

— C'est tout ? demanda le président

— Oui, oui, Monsieur le président, répondit l'avocat général.

— Alors, venons-en maintenant à ce fameux mois de décembre et aux faits qui vous sont reprochés. Après ce cambriolage dans l'Oise, vous aviez l'intention de commettre une nouvelle agression contre une agence de banlieue de la Banque Nationale de Paris et vous avez cherché des complices. Vous avez dans cette intention rencontré un certain René Varetz.

— Je ne vais pas dire que c'est un coup de pot.

— Vous avez vu Varetz une première fois, je vois, le 21 décembre. Il vous a dit que l'affaire ne l'intéressait pas personnellement mais qu'il vous mettrait en relation avec d'autres personnes ; des repris de justice, bien entendu, susceptibles de vous aider. Et un nouveau rendez-vous a été pris pour le 26 décembre à midi chez Varetz 14 rue André Croste à Villeneuve le Roi. Oui, je dis le numéro 14, Mesdames et Messieurs, correspond en réalité à cinq immeubles de construction assez récente qui entourent une sorte de cour-jardin. Alors, chaque immeuble a onze étages et Varetz habite dans le bâtiment 3, au 9e étage, porte C. Il y a quatre appartements, quatre logements par étage. Donc, le 26 décembre, le lendemain de Noël, par conséquent, vous arrivez à Villeneuve le Roi chez Varetz. Mais au lieu d'y aller à 12 heures, comme fixé, vous arrivez à 13h15. Pourquoi ce retard ?

— Je ne leur courais pas après. Ça leur faisait du bien de mariner un peu.

— Vous étiez armé ?

— Ben... bien sûr !

— Alors vous êtes monté au 9ᵉ étage et vous avez sonné à la porte de Varetz ?

— Non.

— Pourquoi ? Vous aviez des soupçons ?

— Non, on m'avait dit qu'il était régule. Je ne pouvais pas savoir que cette ordure m'avait donné.

— Alors pourquoi n'avez-vous pas sonné ?

— Le pif... J'ai tout de suite senti que quelque chose ne tournait pas rond... Qu'il y avait un coup fourré quelque part. Alors, j'ai attendu un petit peu pour voir, sans faire de bruit. Ça n'a pas été long. J'ai entendu un pas dans l'escalier. Quelqu'un descendait de l'étage du dessus tout doucement, puis plus rien. Le gars s'était arrêté. Alors, j'ai tout de suite compris qu'on me prenait pour un cave. C'était un poulet qui faisait la planque. Il y avait sûrement son frère jumeau qui m'attendait chez Varetz. Ça sentait mauvais. Alors le mieux que j'avais à faire c'était de me tirer en vitesse d'ici. Seulement voilà l'ascenseur n'était plus là. Quelqu'un l'avait appelé. Et puis descendre par l'escalier... zéro. Il y avait certainement plusieurs poulets à l'étage du dessous pour me bloquer. J'étais fait comme un débutant. Heureusement la porte derrière moi s'est ouverte...

— La porte ? Celle de l'appartement occupé par Monsieur et Madame Pavković.

— Oui, j'ai vu une fille qui en sortait. Alors, j'ai fait rentrer la fille dans le logement...

— C'était Mademoiselle Raclé, une voisine qui était venue...

— Écoutez, si vous m'interrompez tout le temps, moi je dis plus rien !

— C'est bien... Je vous laisse parler.

— Bon. Alors j'ai fait rentrer la fille dans le logement et puis moi avec. Ils étaient trois là-dedans. Une bonne femme en robe de chambre et puis deux mômes. Je leur ai dit que s'ils se tenaient peinards, ils ne leur arriveraient rien. Seulement la bonne femme s'est mise à gueuler et les mômes avec. Alors, je les ai enfermés tous les quatre dans une chambre.

— La femme qui criait était madame Pavković qui habitait là avec son mari et leurs deux enfants. Le petit Jovan, un garçonnet de quatre ans et une petite fille de six ans, Katarina. Tous les quatre étaient de nationalité Yougoslave. Quant à mademoiselle Raclé, c'est une voisine. Elle était venue aider Madame Pavković qui était souffrante à préparer le repas des enfants... Relevez-vous Barani !... Vous avez donc enfermé ces quatre personnes dans une chambre et ensuite qu'avez-vous fait ?

— Vous, qui savez tout, dites-le vous-même !

— Les policiers qui se trouvaient sur le palier ont essayé de vous parler, de vous raisonner mais vous les avez injuriés. Vous avez même tiré un coup de revolver à travers la porte. Le commissaire Tavernay et quelques minutes plus tard le commissaire Talleyrand sont arrivés.

— Oui m'sieur dame, la maison poulaga au grand complet !

— Le commissaire Tavernay a tenté lui aussi de parler avec vous en pure perte. Vous avez refusé de libérer vos otages et vous avez formulé vos premières exigences ; une voiture pour vous enfuir et l'assurance que la police n'essaierait pas de vous arrêter. Il était à ce moment-là 13h41, le commissaire Tavernay a accepté…

— Il n'a rien accepté du tout !

— Il vous a dit…

— Oui, oui. Il a dit qu'il était d'accord, ouais ! Mais quand il a crié que la voiture était en bas, je me suis mis à la fenêtre de la chambre pour voir si c'était vrai… La rue grouillait de flics ! C'était pas pour me faire une haie d'honneur quand je passerai, non !

— Alors vous avez menacé d'abattre un de vos otages si la rue n'était pas évacuée immédiatement. Enfin quand je dis la rue, l'immeuble également.

— Je tenais pas à avoir des flicards sur chaque palier.

— Vous avez aussi demandé que l'on dépose cinq millions d'euros sur la banquette de la voiture.

— Au prix de l'essence !

— Alors, ensuite qu'avez-vous fait ?

— Ben, j'étais dans la cuisine pour manger un morceau, je commençais à avoir faim.

— Vos otages étaient toujours enfermés dans la chambre ?

— La bonne femme et les mômes, oui. Ils continuaient à brailler. Alors, je leur ai dit que s'ils ne se taisaient pas, ça allait mal finir ! Autant souffler dans un violon, plus ça allait plus ils gueulaient !

— Madame Pavković était de nationalité Yougoslave. Elle parlait à peine le français et le comprenait très mal.

— Ça, je pouvais pas le deviner.

— Alors, vous l'avez frappée.

— Oui. J'ai cru comme ça qu'elle comprendrait et qu'elle la bouclerait.

— Un moment plus tard, le commissaire Tavernay arriva et vous a annoncé par mégaphone que tout était prêt. L'immeuble et la rue était évacués. La voiture était devant la porte avec l'argent.

— Ouais, mais il avait oublié de parler des tireurs !

— Quels tireurs ?

— Il y avait un tireur sur le toit de l'autre côté de la rue ! Il avait un pistolet mitrailleur. Je connais, j'en avais déjà vu. Il essayait de se planquer derrière une cheminée, mais je l'ai vite repéré. J'ai compris qu'on me prenait pour un cave ! Tant que je leur montrais pas que c'était du sérieux, ils essaieraient de me baiser ! Ben, fallait leur donner une leçon !

— Ce n'est pas à la police que vous avez donné une leçon comme vous dites. C'est à Madame Pavković !

— Elle m'emmerdait avec ses hurlements. Et puis juste au moment où j'avais repéré le tireur, elle est partie en courant vers la porte d'entrée pour essayer de filer.

— Alors, vous l'avez rattrapée, et vous l'avez abattu froidement d'une balle dans la tête.

— Net… Elle a pas eu le temps de souffrir.

— Vous avez lancé un nouvel ultimatum. Si tous les tireurs ne disparaissaient pas vous tueriez un deuxième otage.

— Mais enfin, que pouvais-je faire d 'autre ? Ils voulaient pas comprendre ! Remarquez ça n'a pas servi à grand-chose car dix minutes plus tard j'ai entendu l'ascenseur. Il y avait à nouveau quelqu'un dans l'immeuble. C'est à ce moment-là que j'ai piqué un coup de sang !

— Et, vous avez tué le petit Sacha, en le jetant par la fenêtre… Du neuvième étage.

— Ouais, mais tout ça c'est la faute aux poulets ! Parce que s'ils avaient fait ce que je leur demandais, il n'y aurait pas eu de bobo !

— À la suite de ce nouveau meurtre, deux otages restaient encore entre vos mains, Mademoiselle Raclé et la petite Katarina. Alors je vois qu'à 15h45, vous sortez de l'immeuble en tenant dans vos bras la petite fille dont vous vous servez comme d'un bouclier. Où était mademoiselle Raclé ?

— La petite suffisait à me protéger, l'autre m'aurait plutôt gênée alors je l'avais laissée en haut.

— Après l'avoir assommée ?

— Je ne tenais pas qu'elle me court après.

— La voiture mise à votre disposition par la police était devant la porte de l'immeuble. Vous vous y êtes engouffré avec l'enfant et vous avez démarré aussitôt. Il était 16h55 quand après avoir circulé sur différentes routes de la vallée de Chevreuse, vous vous êtes arrêtés à Châteaufort en Yvelines, et là sous la menace de votre arme, vous avez volé une autre voiture.

— Ouais, parce que la première devait être un piège à con. Les flics y avaient certainement installé une balise pour me suivre à la trace. Alors, tant que j'avais la petite avec moi, je ne risquais rien. Ils avaient bien trop peur que je la descende. Mais je pouvais pas la garder toute la vie.

— Je vois qu'au cours de l'après-midi, vous avez changé trois fois de voitures. En les volant à chaque fois, bien entendu ! Finalement vers deux heures du matin, un automobiliste a trouvé la petite Katarina hébétée et transie de froid au bord d'une route dans la forêt de Montargis.

— J'étais sûr d'avoir semé les poulets, j'avais plus besoin d'elle.

— La police avait effectivement perdu votre trace. Il a fallu plus de trois semaines pour vous retrouver. Ce n'est que le 18 janvier que vous avez été arrêté à Jullouville dans la Manche. Une arrestation mouvementée puisque vous avez blessé trois personnes, deux gendarmes et un passant.

— J'étais sûr qu'ils ne me feraient pas de cadeau alors je me suis défendu.

— En exécution du mandat d'arrêt lancé contre vous, vous avez été transféré à Paris et le juge d'instruction Malville s'est saisi du dossier pour une bonne administration de la justice. Aussi, vous êtes jugé aujourd'hui pour cette tentative d'homicide volontaire sur des agents de la force publique dans l'exercice de leurs fonctions.

— Êtes-vous d'accord avec la relation des faits qui vient d'être évoquée ? Avez-vous quelque chose à dire ?

— Non… Non dans l'ensemble ça s'est passé à peu près comme ça, il n'y a rien d'autre à dire.

— Bon, vous pouvez vous asseoir Barani.

Le président se mit à bavarder avec l'assesseur de gauche et le procureur, qui occupait le siège du ministère public, mettait patiemment de l'ordre dans son dossier.

Il y avait plus d'une heure qu'on était là, mais Pierre avait l'impression que le procès commençait seulement maintenant.

Pierre se rasseyait sur son banc, les mains humides à plat sur le rebord de chêne clair. Le président toussotait, s'éclaircissant la voix, pour procéder aux témoignages des témoins qui se succédaient et les deux experts. Tout d'abord, le professeur Rodin qui a procédé à l'autopsie ainsi qu'à l'examen médical de Mademoiselle Raclé Sylvie et de l'enfant, Pavković Katarina.

Puis, suivi le docteur Grémonville qui a examiné Barani sur les doubles plans psychiatriques et médico-psychologique.

Puis ce fut au tour de Michel Niffer, l'officier de police, d'effectuer sa déposition. Il expliqua qu'il avait appris que Barani avait été libéré de la centrale de Clairvaux et qu'il s'apprêtait à commettre une nouvelle agression dans la région parisienne. Il avait été informé de ce rendez-vous auquel il devait se rendre, 14 rue André Croste à Villeneuve le Roi par un informateur dont il refusait de donner la source. Il précisait qu'il avait placé un de ces collègues dans l'appartement où Barani était attendu et lui-même attendait dans l'escalier. C'est là que Barani leur a échappé et qu'il s'introduisit dans l'appartement de la famille Pavković.

Lui succéda alors, le commissaire Jean Tavernay. Il expliqua qu'à l'heure du déjeuner il avait été averti qu'une prise d'otage venait d'avoir lieu à Villeneuve le Roi. Il décida immédiatement de se rendre sur les lieux dans les plus brefs délais. À son arrivée, un point de la situation lui était donné. Barani, selon ses dires, refusait toutes discussions et avait même tiré à travers la porte de l'appartement pour éloigner les policiers qui essayaient de lui faire entendre raison. Il relata qu'il était monté au neuvième étage pour tenter un dialogue avec le forcené.

Toujours selon lui, Barani refusait de l'écouter et exigeait le moyen d'assurer sa fuite en toute impunité. Avec l'appui de sa direction, il décida de donner satisfaction à sa demande pour ne pas mettre en danger la vie des otages.

Mais Barani était devenu fou ! Il y avait déjà eu deux morts, et il laissa alors le Légionnaire sortir avec la fillette.

Puis, vint le tour du gendarme Mauléon, commandant de la gendarmerie de Jullouville. Il réitéra que Barani avait ouvert le feu sur le gendarme Fauché et lui-même. Fauché avait été atteint à la cuisse. Au moment de son arrestation, Barani avait fait une nouvelle fois usage de son arme et blessa grièvement le gendarme Morteaux et plus légèrement un employé communal, monsieur Patrick Grandet.

Les témoins se succédaient encore.

Enfin, ce fut l'entrée de Mademoiselle Raclé, placeuse au cinéma local. Puis à la barre, Ange Calvi témoigna que Barani avait travaillé pour lui comme livreur, puis barman mais il ne l'était plus au moment des faits. L'avocat général questionna Calvi sur sa relation avec Barani.

Et puis, Calvi répondit.

— Je vais vous dire autre chose, je n'ai jamais tué, ni jamais fait tuer d'innocents comme cette malheureuse Yougoslave et son bébé ou le gardien de nuit à Marseille. Il était ligoté sur une chaise quand votre Barani l'a descendu par derrière d'une balle dans la nuque !

Ça en était trop pour Barani qui se leva et hurla de sa place.

— Pourquoi parlez-vous de ça ? Alors, vous êtes tous d'accord, des poulets aux truands...

— Taisez-vous Barani ! jeta le président.
— Non, je ne me tairais pas ! Pauvres types ! Bande de cons !
— J'ordonne qu'on vous fasse sortir d'ici !... Sortez-le !

Sorti de force, Pierre était sous surveillance de la force publique hors de la Cour d'assises mais restait à la disposition de la Cour.

Après cet épisode un peu houleux, Vivianne Ubré, 27 ans, hôtesse au *Whisky Club*, un club privé appartenant à Calvi, place Pigalle fit son entrée à la barre.

Elle avait vécu avec Barani pendant près de deux mois.

Après le défilé des témoins, l'avocat général prit la parole et termina ses réquisitions.

— Je vous demande, Mesdames et Messieurs les jurés, de refuser le bénéfice des circonstances atténuantes. Je requiers contre Barani la peine maximale, la réclusion à perpétuité.

L'avocat général se rassit. Et le président annonça.

— La parole est à la défense. Maître Bouteille, nous vous écoutons.
— Monsieur le Président, Mesdames et Messieurs les jurés, je suis ici pour défendre Pierre Barani. Et votre jugement, Mesdames et Messieurs les jurés, peut-être, après les longs débats auxquels vous avez assisté, peut-être est-t-il à peu près formé au moment où je vous parle. Eh bien, laissez-moi vous demander cela encore de toute mon âme, ne l'arrêtez pas définitivement ce jugement, attendez jusqu'au bout. Attendez que l'accusé ait eu enfin la parole. Attendez que je vous aie présenté sa défense. Vous allez juger Monsieur Barani pour les crimes dont on l'accuse ici, dans un lieu où la justice des hommes doit être rendue pour les plus hauts forfaits. Les crimes. Il en est ainsi dans une société qui considère que seule la justice du peuple, c'est-à-dire celle rendue par les jurés que vous êtes, choisis au hasard d'un tirage au sort, est l'unique qui puisse être à la mesure des faits qui relèvent par leur gravité de cette Cour. La Cour d'assises. Vous aurez à répondre aux questions traditionnelles. Mais, je veux également rappeler ici qu'en

prison, les prisonniers sont délaissés, plongés dans la solitude avec pour seule occupation un travail acharné dans les ateliers. Malgré ces conditions de vie plus que difficiles, je tiens à souligner que mon client a toujours eu un comportement remarquable, une conduite irréprochable et, bien entendu il ne manqua jamais de respecter la direction des prisons et les gardiens dans lesquelles il a séjourné. Mesdames et Messieurs les jurés je suis bouleversé non par la sévérité du ministère public, je l'attendais mais par la haine que j'ai ressenti tout au long de l'audience, la haine d'une société qui a peur, qui crie vengeance, qui hurle avec les loups. Eh bien moi, je vous demande et je suis convaincu que c'est possible, je vous demande de comprendre Pierre Barani. Barani, le fils de bonne famille devenue Barani, le dévoyer. Oui, il est attiré par la délinquance, c'est vrai. Il rejette la morale conventionnelle, c'est vrai aussi ! J'ai eu la curiosité d'en chercher la raison et je me suis penché sur une partie importante de sa vie, qu'une enquête de police bâclée, pratiquement escamotée. On ne nous a rien dit de son adolescence et c'est regrettable, car vous auriez appris qu'entre 12 et 17 ans, Pierre Barani était un enfant mal portant. Un asthme saisonnier l'empêchait de courir, de se mêler au jeu de ses camarades. Il rêvait à cette époque, comme tous les garçons de son âge de faire partie d'une bande ; un de ces groupes d'adolescents qui complotent dans le coin d'une cour de lycée, qui se battent entre eux pour le sourire d'une fille. Mais les bandes ne voulaient pas de lui. On écartait l'asthmatique, toujours à la traine et Barani demeurait seul dans son coin solitaire rejeté par les autres. Il est resté. Au sortir de l'adolescence quand un instinct pervers, oui pervers, je n'ai pas peur d'employer le mot. Quand un instinct pervers l'a poussé vers la délinquance, il a rencontré le même refus. Le milieu l'a rejeté. On ne voulait pas de ce bourgeois, de ce fils de famille. Ce garçon qui a reçu une bonne éducation. Vous l'avez entendu s'exprimer avec des mots qui sonnent faux dans un argot fabriqué et malhabile. Alors, il a fait de lui-même une caricature de mauvais garçon parce que les authentiques mauvais garçons ne voulaient pas de lui. Calvi par exemple, j'ai l'absolue conviction, qu'il a travaillé pour lui, et bien vous avez entendu avec quel mépris hautain, Calvi s'est adressé à lui. Barani ne fait pas partie de son monde. La pègre le renie, il n'est pas du même sang ! Et c'est pour cela, parce qu'on le refuse qu'il ait allé si loin pour prouver à ces truands auxquels il voulait tant ressembler qu'il était digne d'eux pour relever le défi. Pour montrer ce qu'il était capable de faire. Dès lors c'était l'engrenage, le crime, la prison, le crime de nouveau parce qu'on a pas le choix et pas des meurtres gratuits commis pour le plaisir, non Monsieur l'avocat général, je l'ai dit et je le répète en tuant cette femme Yougoslave et son fils, Pierre Barani défendait sa liberté. N'oubliez pas qu'il était cerné par la police. Se laisser arrêter alors qu'il était recherché pour cambriolage cela signifiait 8, 10 ans de prison et il faut avoir approché comme je le fais quotidiennement ces hommes qui ont passé de longues années en prison pour connaître leur terreur à l'idée d'y croupir durant des mois, voire des années. Je ne cherche pas des excuses. Il a eu tort. Mille fois tort, c'est sûr ! Mais il obéissait à une force obscure, irrésistible. Mais Barani n'est pas un dément comme l'ont dit les psychiatres dans le sens précis de la loi. Toutefois Barani n'est pas un homme totalement sain d'esprit. Bien sûr, il faut le punir durement. Mais ne vous laissez pas guidé par la haine ! Par la vengeance exprimée par le ministère public.

— Accusé, avez-vous quelque chose à ajouter pour votre défense ?

Barani resta muet.

— Les débats sont terminés. J'ordonne que le dossier de la procédure à l'exception de l'arrêt de renvoi soit déposé entre les mains de Monsieur le greffier. Les questions posées étant conformes à l'arrêt de renvoi, nous en considérons la lecture comme faite. Alors Mesdames et Messieurs les jurés, avant que nous nous retirions pour délibérer, je vais vous donner lecture de l'instruction suivante : Sous réserve de l'exigence de motivation de la décision, la loi ne demande pas compte à chacun des juges et jurés composant la Cour d'assises des moyens par lesquels ils se sont convaincus, elle ne leur prescrit pas de règles desquelles ils doivent faire particulièrement dépendre la plénitude et la suffisance d'une preuve ; elle leur prescrit de s'interroger eux-mêmes dans le silence et le recueillement et de chercher, dans la sincérité de leur conscience, quelle impression ont faite, sur leur raison, les preuves rapportées contre l'accusé, et les moyens de sa défense. La loi ne leur fait que cette seule question, qui renferme toute la mesure de leurs devoirs : Avez-vous une intime conviction ? J'invite le chef du service d'ordre à faire garder les issues de la salle des délibérations dans laquelle nul ne pourra pénétrer pour quelque cause que ce soit sans mon autorisation. Mesdames et Messieurs les jurés, veuillez-vous rendre dans la Chambre du conseil pour y délibérer avec la cour. Nous ne pourrons en sortir qu'après avoir pris notre décision. Garde, faites retirer l'accusé de l'auditoire ! L'audience est suspendue !

Les délibéré terminés, Barani fait son retour dans le box des accusés.

Le greffier lança d'un ton sec

— La Cour !

Le président prenait immédiatement la parole

— L'audience est reprise. Veuillez-vous asseoir. Accusé restez debout !... Voici les réponses aux questions et l'arrêt délibéré en commun. Aux six premières questions concernant la culpabilité, la réponse a été oui à la majorité de huit voix au moins. À la septième question, concernant les circonstances atténuantes, la réponse a été non à la majorité de huit voix au moins. Vu les réponses aux questions auxquelles il a été donné lecture, la Cour d'assises, après en avoir délibéré conformément à la loi, condamne Barani Pierre à la réclusion criminelle à perpétuité… Accusé, vous disposez de cinq jours francs pour vous pourvoir en Cassation contre l'arrêt qui vient d'être rendu. Passé ce délai, vous n'y seriez plus recevable. Gardes, emmenez le condamné ! L'audience est levée !

Dans l'heure qui suivait, Barani retournait à la Santé.

II

Six mois déjà, qu'il était enfermé et il n'en pouvait plus. Il rongeait son frein pour ne pas être mis à l'isolement. Il lui fallait trouver le moyen de s'évader. Il avait étudié les moindres recoins de la prison. Il en connaissait par cœur les distances.

Il avait en tête son évasion.

Les lumières s'étaient éteintes. L'ombre des barreaux se reflétait sur les murs délavés des cellules. Quartier de haute sécurité. Une prison dans la prison. La cellule était une pièce de trois mètres sur deux de froidure et d'humidité. Les murs qui l'entouraient étaient épais. À la lumière du jour, la cellule était sale avec ses murs délavés couverts de graffiti.

Sur la porte une pancarte :

Attention, prisonnier dangereux. À surveiller.

La *Santé* s'endort.

Le corps au chaud sous ses couvertures, Pierre était couché sur le dos, les mains derrière la tête. Il regardait fixement le plafond.

Il ne dormait pas. Profitant de la nuit, il scia les barreaux et réussissait à rejoindre la terrasse. Sa tête émergeait au-dessus du petit rebord. Ses yeux plongeaient dans le vide. La nuit était claire.

Un bruit de pas progressa vers lui. Sa tête disparut derrière le rebord et ses joues s'appliquèrent de nouveau contre le sol en ciment de la terrasse.

Dix mètres en dessous, dans le mur de ronde, les surveillants faisaient une ronde tout en manœuvrant un projecteur fixé contre la bâtisse. Ils s'éloignaient et le bruit de leurs pas disparaissait.

Le Légionnaire bondit alors sur ses pieds, une corde, confectionnée avec des bandes de couvertures tressées, enroulée autour du torse et de la taille.

Maintenant, il s'agissait de sauter. Il prit son élan et s'arrêta net à la bordure de la terrasse. Dans sa tête tout se bousculait. Avait-il bien calculé son élan pour s'agripper au sommet du mur d'enceinte ? De la sueur perlait sur son front. Il y avait quatre mètres de la terrasse au sommet du mur et six mètres du mur au sol. S'il manquait son objectif il irait s'écraser six mètres plus bas. Dans un silence de cathédrale, il prit une grande inspiration et s'élança à nouveau. Il finit par sauter. Ses doigts s'agrippèrent à la coiffe et se crispèrent sur la couverture du mur proprement dit. Cette prise stoppa sa chute. Sa main droite glissa. En balançant son corps, il la relança sur la couverture à la manière d'un harpon. Il se hissa et s'assit pour s'installer à califourchon. Après quoi, il déroula la corde, la laissant filer dans le vide au fur et à mesure.

Un crochet apparut. Il ressemblait à une sorte de gros point d'interrogation fabriqué dans la tige de fer ronde qui servait à ouvrir et à fermer le vasistas dans chaque cellule. Il fixa le crochet et leva la tête.

Pierre, était debout sur le bord de la terrasse, puis s'accroupissait, se relevait, hésitant.

Il avait chaud. Son estomac se nouait. Il s'assit une nouvelle fois diminué par le stress. Il se mit à genoux et jeta un coup d'œil sur sa droite, vers sa cellule. Il ne pouvait demeurer plus longtemps à cheval sur ce mur.

Il s'allongea, se lança dans le vide et se coula le long de la corde rapidement, entraîné par le poids de son corps. Il était arrivé sur le sol. Il portait un petit sac de toile attaché autour du cou à l'aide d'un cordon. Le sac contenait des lettres et des adresses. Il cassa le cordon et fourra le sac dans une de ses poches.

L'aube ne tarderait plus à poindre. Il fallait faire vite. De l'intérieur de la prison, l'alerte ne sonnerait pas avant deux heures. Il décida de marcher franchement sur la route. Maintenant, qu'il avait repris son souffle, il marchait d'un pas vif.

Il tourna rue de la *Santé*, prit le boulevard *Blanqui* et se dirigea vers la station *Glacière*. Il monta rapidement les marches pour accéder au métro aérien, et grimpa dans la première rame. Il passait les stations *Saint-Jacques, Denfert-Rochereau, et Raspail*.

Il descendait du métro à la station *Edgar Quinet*. Il marcha deux cents mètres, et s'engouffra dans la station *Montparnasse Bienvenue*. Les stations défilaient sous ses yeux ; *Duroc, Saint-François-Xavier, Varenne, Invalides, Champs-Élysées - Clemenceau, Miromesnil, Saint-Lazare, Liège, et Place de Clichy*.

Il descendait du métro à la *Fourche*. Là, il jetait un coup d'œil autour de lui. Tout était calme. Il continua à pied, cinq cents mètres. Il lui restait cinq cents mètres pour arriver à sa destination que lui seul connaissait.

L'idée qu'il avait en tête était de rejoindre Vivianne Ubré. Il était sûr qu'elle l'accueillerait une nouvelle fois. Plus il approchait de son appartement, plus l'émotion le gagnait. Il rejoignait enfin, le 31 de la rue Dautancourt. Il marchait sur le trottoir d'en face. Il s'épaula contre un arbre, à l'abri d'une voiture rangée le long du trottoir. Il se donna quelques secondes avant de traverser la rue. Puis, il poussa la porte et monta au quatrième étage. Comme un enfant, sa main tremblait sur la sonnette. La peur s'emparait de lui. Un grand silence s'installait.

Vivianne réveillée par la sonnette se leva et passa une robe de chambre en tissu très bariolé. Elle traversa le studio, qui donnait sur une minuscule entrée. Elle manœuvra l'œilleton. La vision ne lui déplut pas du tout. Elle ouvrit. Il était devant elle. Elle le fit entrer sans hésiter et sans lui poser de question. Pierre fit un pas et resta planté sur le seuil. Ils s'embrassèrent sur les joues et leurs lèvres finirent par se rencontrer. Les tempes de Pierre se mirent à battre et il l'écrasa contre lui. Ils ne se dirent pas *je t'aime*, n'employèrent aucune expression de ce genre. Elle se dégagea et Pierre la suivit.

La pièce était mal éclairée de jour par la fenêtre donnant sur une cour étroite et la nuit par une mauvaise ampoule.

— Bonjour, dit-elle, suave.
— Bonjour, fit-il, exquis… Je peux prendre une douche ?
— Oui, pas de soucis, c'est par là, enfin tu sais, ça n'a pas changé de place…

Il entra dans le petit coin qui servait de salle de douche. Il se déshabilla et s'enfila directement sous le pommeau où l'eau coulait directement du haut jusqu'au bas de son corps. Il resta un long moment comme ça sous l'eau. Il était propre et requinqué.

Il sortit enfin. Nu, il passa devant Vivianne.

Il s'enfila dans la chambre. Elle lui fila des vêtements qui étaient restés dans l'armoire. Elle ne les avait pas jetés. Sorti de la chambre, il pénétra dans la cuisine pour se raser à l'évier. Il s'approcha, recula, tourna la tête un peu à droite, un peu à gauche, devant une sorte de glace suspendue au-dessus du robinet. Pierre avait une barbe très dure ; il la détrempa avec soin. Le rasoir glissait sur ses joues. Il se rinça le visage et s'essuya.

Pendant ce temps, Vivianne préparait un café noir bien serré. Puis ils prirent place à table l'un en face de l'autre. Ils se regardaient mais ne parlaient pas. Pierre savait qu'il ne pouvait pas rester ici et Vivianne ne pouvait pas l'héberger chez elle, c'était trop risqué.

Lui voulait voir Calvi. Il était sûr que Calvi lui trouverait une bonne planque. Vivianne passa un coup de fil au club et s'enquit à Calvi. Elle lui expliqua brièvement la situation de Pierre. Sans hésiter, Calvi l'invitait à venir le rejoindre.

Aussitôt dit, aussitôt fait. Vivianne et Pierre sautèrent dans la voiture garée au pied de l'immeuble et rejoignirent la place Pigalle. Elle laissa Pierre devant la porte du *Whisky Club* qu'il poussa. Anton, le premier barman se précipita aussitôt vers lui.

Au fond du cabaret, Pierre remarqua deux mignonnes qui frétillaient. Elles n'avaient pas le genre d'en écraser. *Elles doivent travailler en voitures de luxe*, pensa-t-il. À Paris, ça marchait bien. Il fallait un commanditaire, mais le capital s'amortissait vite, car un étranger qui a l'honneur d'être remarqué par une fille qui pilote une bagnole de luxe, il sait ce que ça lui coûte. *Ces deux filles travaillaient peut-être pour Ange, il avait le capital pour avancer* songeait Pierre.

À ses débuts, à cause de son visage marqué par une balafre, on l'appelait Ange le balafré. Et puis le fric était venu. Alors, il avait prié son entourage de l'appeler Ange tout court.

Les filles écarquillèrent des yeux immenses sur Pierre. Celle de droite avait des cheveux châtains, très longs, qui lui donnaient un air angélique. Tout ça était parfait, avec des cuisses longues et des seins à remplir la main d'un honnête homme. L'autre était plus quelconque, mais très mignonne.

Calvi, caïd enrichi, était là attablé au comptoir.

— Je veux voir Monsieur Calvi. Il m'attend, annonçait-il à Anton.
— Je vais voir… Attends ici !

Anton traversa la grande salle, rejoignit Calvi assis au bar, et lui parla à voix basse. Calvi se retourna et regarda Pierre. Il fit un signe de la main. Pierre s'avança timidement. Assis sur son séant, Calvi se passait les deux mains, doigts écartés, dans ses cheveux ébouriffés.

— Salut, dit Ange en lui assenant une claque sur l'épaule.

Le buste de Pierre s'inclina vers l'avant.

— Anton envoie deux Cognacs !

Calvi ouvrit un coffret de bois travaillé et le poussa vers Pierre qui choisit un *Davidoff*. Il le porta à sa bouche aux lèvres minces, se ravisa, se contenta d'en humer la senteur. Enfin il l'alluma. Pierre fumait peu. Il pompa sur son barreau de chaise. Longuement. Avec délectation.

Anton apporta deux verres et laissa la bouteille de *Henco* sur le comptoir. Calvi en versa une rasade dans un verre et ajouta un peu d'eau. Il tendit la bouteille à Pierre qui en fit de même.

Ils burent.

— T'es sorti de taule ?
— Oui, je viens de m'évader !
— Évadé, eh bien dis donc !
— J'en pouvais plus, il fallait que je sorte…
— On en boit un autre ?
— Oui.

Il y eut un silence hésitant. Plus de mot échangé.

Ils continuèrent à garder le silence pendant plusieurs minutes, buvant à petites gorgées l'*Henco*. Calvi posa son verre qu'il venait de vider. Ils échangèrent un regard rapide.

— Et, tu es venu me voir pour une affaire ?
— Une affaire ?
— Depuis le temps que je te connais, tu es le seul à qui j'oserai proposer une affaire. Classique, sûre ! Sans risque !... Si elle est bien faite !

— Et si elle est mal faite ?... Non merci, je n'ai pas envie de retourner à la *Santé* !

Calvi porta son cigare à ses lèvres, avala une goulée de fumée, quand il s'immobilisa une fraction de seconde.

— Quoi alors ?
— La fuite à l'étranger...
— Fais un dernier coup avec moi et tu partiras après...
— Vous n'êtes pas un peu cinglé de me demander des trucs pareils ! J'ai toute la flicaille à mes trousses ! À cette heure-ci, toutes les gares, tous les ports, tous les aéroports, toutes les routes doivent être surveillés... J'ai envie de me poser, j'ai assez fait de conneries... Et, puis j'ai tout perdu, j'ai pas un sou...
— C'est l'occasion de te refaire mon pote !
— Non, je veux juste un peu de fric pour me faire la malle...
— Bon comme tu veux... Et, combien ?
— 50 000, si vous pouviez Monsieur Calvi, ça m'arrangerai, avec des faux papiers et un billet pour l'Amérique.
— C'est beaucoup d'argent, et comment comptes-tu me rembourser ?
— Je vous propose ma collection de timbres, estimée à cent cinq cent mille si vous m'aidez à me faire la malle.
— Faut voir... Bon je veux bien te planquer quelques jours dans un de mes apparts...
— Merci ! Moi aussi, j'ai une affaire à vous proposer. Elle peut vous rapporter gros !
— Dis toujours.
— J'ai connu un type à la *Santé*. Un ouvrier joaillier, qui turbinait pour *Cartier*. Il m'a raconté que début juin y avait à Paris une exposition internationale de bijoux. Et que *Cartier*, *Arpels*, *Boucheron*, *Clefs*, en tout une dizaine, y participaient.
— Et alors ?
— Et il déplace l'expo à New-York. Ce qu'ils emmènent là-bas représente plusieurs millions, lâcha Pierre.

Les doigts de Calvi pianotaient sur le comptoir.

Le chiffre ahurissant tomba au milieu de la conversation. Un nouveau silence régna. Seul le troubla un instant le déclic de son briquet. Et, il s'empara de son verre rempli de *Cognac*. Sa bague brillait sous la lumière du plafond. Il vida son verre d'un trait et le reposa sur le zinc.

— Comment vois-tu ça ?
— Je vous dirai plus tard, faites-moi conduire à la planque.
— OK… Anton, viens ici… Conduis le Légionnaire à la planque !
— Bien… Suis-moi !

La planque ne se situait pas très loin du *Moulin Rouge*, dans un vieil immeuble. Les marches en bois craquaient à chaque pas. Ils montèrent au troisième étage sans ascenseur. Anton introduisit la clé dans la serrure qui manquait sans doute d'un peu d'huile. À l'ouverture la porte grinça.

— Rentre donc ! C'est un peu chez toi ici maintenant ! Tu peux rester ici le temps qu'il faudra. Tu as tout ce qu'il te faut dans le réfrigérateur. La salle de bain est ici. Les draps ont été changés. Tu trouveras dans le placard de la cuisine, une cartouche de cigarette. Au cas, où il te manquerait quelque chose, tu m'enverras un texto et je ferai suivre à Monsieur Calvi… Compris ?
— Oui, oui, j'ai tout compris.

Anton lui remit un *Mauser* canon long à grande distance avec quatre chargeurs. C'était un 9 mm long ; les balles s'utilisaient dans une mitraillette. Et aussi un *Beretta* 9 mm court dont les balles ressemblaient à de petits obus, une arme italienne de toute beauté. Elle s'enfermait dans un étui qui se portait sur l'aine. Le *Mauser* se portait sous l'aisselle.

Pierre avait le culte des armes. Le cran de sûreté du *Beretta* était verrouillé. Il caressait la crosse bombée de la paume de la main. Il se caressa le crâne sans mot dire.

III

Ça faisait plus d'une semaine que Pierre était seul, planqué à Pigalle. Calvi s'était décidé à lui rendre une petite visite.

Au coup de sonnette, Pierre coupa le transistor et se leva de la chaise, laissant sur la table le plateau de son petit déjeuner presque intact. Il se dirigea vers la porte d'entrée, alluma une cigarette au mégot de la précédente. Il ouvrit.

— Salut Pierre !

— Bonjour Monsieur Calvi.

— J'ai examiné tes timbres… C'est bon. Tu es toujours d'accord pour me les céder ?

— Contre 50 000 balles ça ira, bien qu'ils vaillent beaucoup plus…

— Oui, mais je prends des risques moi avec toi.

— OK… Je vous dis, c'est bon ! Vous avez les 50 000 balles et les papiers et le billet pour les US ?

— Ne sois pas si pressé ! Tu verras tout va bien se passer !

— Oui, mais je n'ai pas envie de glander trop longtemps ici, voyez-vous !

— D'accord, dans deux jours je te file le fric et les papiers, ça te va ?

— OK. Ça marche pour moi ! Affaire conclue ?

— OK. Affaire conclue !

Ils se serrent la main.

— Vous verserez les 45 000 balles sur un compte de la *Wells Fargo*…Voici les coordonnées.

Et, il sortit un bout de papier de son portefeuille rangé dans la poche arrière de son pantalon.

— Les 5000 restant, vous me les donnerez en liquide.

— OK… Pas de problème…

— Et maintenant parle-moi de ton affaire de bijoux.

— Laissez tomber Monsieur Calvi… C'est trop gros ce coup-là. J'ai voulu me faire mousser devant vos hommes, voilà tout !

— Mais dis-moi, comment vois-tu ça ? Et qu'est devenu ce type ?

— Le mec est mort.

— Comment ?

— D'une crise cardiaque.

— Explique ton plan.

— Une voiture blindée ramassera, tous les bijoux, les uns après les autres et une escorte de motards les escortera jusqu'à l'aéroport.

— Des millions, c'est du pognon !

— Le plus beau coup jamais tenté !

— Tout ça est bien joli mais irréalisable.

— C'est ce que je vous avais dit… J'ai dit ça pour me faire mousser…

— À moins que… Je suppose que l'escorte va abandonner ses bijoutiers au pied de l'avion ?

— Oui.

Il sortit un cigare d'un étui de cuir noir, il l'alluma, aspira dessus, fit tousser Pierre.

— Et une escorte du même genre les attendra à New-York sans doute.

— Sans doute, Monsieur Calvi.

Un nuage d'âpre fumée enveloppa la face de Pierre.

— Donc il y a un laps de temps ou ces millions sont moins surveillés !

— Pendant le vol !... Vous ne voulez tout de même pas faire un braquage en plein ciel ?

— Et pourquoi pas ?

Il se frotta pensivement le menton.

— Nous avons encore un bon mois pour essayer de grimper cette affaire.

Il écrasa son cigare dans un cendrier.

— Je m'occupe de ton fric et de tes papiers… Je continue à réfléchir à ton affaire mon gars.

— OK, Monsieur Calvi… Vous repassez quand ?

— OK. Il va te falloir demeurer ici, sept, huit jours. Plus peut-être, car les flics sont déchaînés. Après nous te conduirons dans une propriété que je possède à Rambouillet. Laisse pousser la moustache. Et ce ne serait peut-être pas mauvais de te teindre les cheveux.

— L'idée me paraît bonne.

— Vaut mieux que tu patientes ici. Les poulets doivent tenir tes parents et amis en point de mire. Alors attention aux filatures !

— Oui, OK.

Calvi pivota vers la porte d'entrée et sortit.

IV

C'est au dernier étage de la P.J., que se tenait le bureau du commissaire René Lefort. Il parcourait les derniers rapports sur Barani qu'on venait de lui apporter.

L'évasion de Barani de la *Santé* l'avait bien secoué. C'est lui qui avait repris son dossier. Il avait tout lu sur lui. Il le connaissait par cœur.

Ce matin même, pour la centième fois le téléphone sonna, et il décrocha.

— Oui ? Comment ? *Nice-Matin* ?... Vous désirez des tuyaux sur l'évasion de Pierre Barani ?... Nous n'avons rien de plus de nouveau mon vieux. Désolé.

Il raccrocha d'un geste las. Il avait à peine lâché l'écouteur que ça sonnait à nouveau. Il resouleva le combiné tandis qu'à côté chez Marquet, son adjoint, ça sonnait également.

Il lorgna Marquet, soupira et s'adressa à lui.

— Cet après-midi même, des hommes et toi reprendrez le chemin parcouru par Barani dès l'instant où il a quitté sa cellule. Vous devez revoir un par un tous les gens qui auraient pu le côtoyer. Les interroger, les bousculer même. Peut-être que quelque chose a échappé à l'un d'eux. Il faut aussi…

Il marqua un temps de réflexion avant de reprendre :

— Il faut aussi éplucher les dépenses des gardiens.

Marquet sourcilla.

Il leva la main pour prévenir une contradiction éventuelle.

— Ce n'est qu'une formalité de routine. J'ai confiance en ces fonctionnaires. Mais il suffit d'une fois… Interrogez tout le monde sur l'heure. Fouillez, cherchez, essayez de comprendre. À part la diffusion d'alerte générale, c'est tout pour le moment.

Lefort se retourna, salua du bras et disparut quelques instants.

Le téléphone de Marquet sonna à nouveau.

— Patron, hurla-t-il dans le couloir.

Les traits se figèrent tout d'un coup, il pressentait une nouvelle.

— On me fait dire qu'un appel téléphonique anonyme signale Barani au *Midi Minuit,* un restaurant à Montmartre. Il serait en train d'y déjeuner. On fonce !

La face de Lefort indiquait qu'il approuvait l'initiative.

Il lança.

— En route !… Avertissez toutes les équipes disponibles, qu'ils foncent là-bas ! Nous les rejoignons !

Sa voix était sèche, désagréable, à croire qu'elle voulait étouffer toute émotion.

— Notre boulot est de tout vérifier. Même les conneries.

Lefort était déjà dans l'escalier quand les portes des bureaux claquaient encore. Et s'allumant une cigarette il ajouta.

— Secouez-vous les gars !

Ils descendirent le grand escalier, débouchèrent dans la cour. Les voitures sortirent en trombe et sirène hurlante.

Le *Sacré-Cœur* expédia douze coups aux quatre coins de *Montmartre* quand ils arrivèrent sur place.

Soudain la radio ronfla.

— Patron ! Un appel concernant Barani ! Il serait rue *Désirée* dans un hôtel avec une gonzesse.
— Encore une alerte. Une de plus, lança Lefort à Marquet.
— Vous dites ? Hôtel *le Beau Séjour* ? L'adresse ?
— 8 rue *Désirée* dans le XXe. Vous êtes sûre que c'est lui ? Vraiment ? Bon, bon, nous arrivons.

Le cortège de voitures prit la direction de la rue *Désirée*. Marquet jeta un coup d'œil à sa montre, sentit l'impatience irritée de Lefort à côté lui et écrasa le champignon.

L'hôtel restaurant était bondé. Une porte en fer forgé s'ouvrait sur une salle à manger agencée en club privé. Le tenancier c'était Monsieur Paul, la cinquantaine passée, toujours vêtu avec recherche. Il restait près de la porte, à l'extrémité du bar dans une sorte de niche, à droite et au fond de la salle.

Dès son irruption, Barani avait tilté sur une fille dont le parfum lui avait sauté au nez. Elle avait de jolies jambes, un aguichant sourire, des joues rondes d'une bonne teinte rose et des yeux bleus un peu cernés. Il reluquait sa croupe cachée sous la soie bleue d'une mini-robe. Ça faisait trop de jours qu'il était tapi dans sa piaule avec des envies refoulées.

Elle l'installa devant l'assiette mise et elle grommela en soulevant le couvercle d'une petite casserole de fonte rouge.

— Vous semblez trouver le temps long, on dirait.

Il haussa le buste et la laissa le servir. Il attrapa le pain et fixa la femme. Il huma l'odeur qui s'échappait de sa robe trop courte. Mais il se dompta et baissa la tête sur son assiette.

Elle insistait, allumeuse. Son œil venait de se planter dans celui aguicheur de la jeune femme. Il n'en pouvait plus.

Elle laissa choir :

— Cent cinquante, ça te va ?
— Oui, ça me va.
— Vient. On monte.

Il avait pris un plaisir bref. Comme honteux. Son désir était maintenant éteint. Devant une glace fêlée, la fille se repoudrait les joues.

— Tu reviendras ? demanda-t-elle.
— Peut-être… T'es mignonne.

Elle l'observait dans la glace, puis elle secoua la tête, faisant danser sa chevelure. Elle l'avait reconnu d'après la photo diffusée dans les journaux.

Barani décarra une poignée de billets. Elle repoussa sa main.

— Ça m'a fait plaisir… File maintenant !

Elle l'amena dans le fond du couloir, devant une tenture qui bouchait une porte.

— Barre-toi par-là ! La fenêtre donne sur une cour, ajouta-t-elle. Un tuyau te conduira en bas, et de là sous une voûte qui donne dans la rue. Va.

Elle souleva la tenture et il franchit la porte de séparation. Moins d'une minute après, il débouchait dans la rue et sautait dans un taxi qui passait.

Puis elle attendit encore un moment. Fallait que Pierre traqué ait un peu d'avance ! Puis elle leva le rideau ouvrant les robinets du lavabo en grand.

Lefort et Marquet arrivèrent sur ces entrefaites. Des policiers se tenaient à proximité de la porte. Monsieur Paul était assis à la caisse, le nez sur une addition.

— Allez-vous asseoir, glapit Marquet d'un geste circulaire en désignant le personnel du restaurant.

Puis il s'adressa aux clients attablés :

— C'est payé ?

Ils firent *non* de la tête.

— Alors réglez, et évacuez les lieux.

Ils sortirent.

Puis, Lefort et Marquet bousculèrent le taulier qui ne savait pas ce qui lui arrivait.

— Où est passé le type qu'une de tes filles a monté ? demanda Lefort.
— J'en sais rien ! Y a plus personne ici ! Il a sans doute filé !
— Cernez le pâté de maisons ! Diffusez un appel. Vite ! Le suspect s'est enfui, hurlait Marquet.
— Alors ? s'informa Lefort, auprès de la fille.
— J'étais à me laver quand… Rien compris à ce type. Il a filé d'un coup, sans rien me dire, et par là encore en indiquant la porte d'un bras indigné.
— Vous ne l'avez jamais vu auparavant ?
— Jamais… Qu'est-ce que vous lui voulez, d'abord ?... Qui c'est ce type ?... Tournez-vous que je me rhabille.

Lefort haussa les épaules.

— Oh ! on a l'habitude.
— Oui, mais pas moi... Pas devant les flics.
— Il va falloir nous suivre, Mademoiselle. Pour nous donner des renseignements sur cet homme.

— Mais je sais rien !

— Peut-être en savez-vous plus que vous ne vous l'imaginez, lâcha Lefort en marchant vers la sortie.

Marquet claqua des doigts.

— Arrive… et couvre-toi, je ne voudrais pas que tu prennes froid. Je me tourne une seconde.

Et poussant le taulier devant lui ils marchèrent tous vers la porte de la sortie. Lefort s'était fait à l'idée que Barani venait de lui échapper une nouvelle fois.

V

Philippe De La Mare était le député d'une circonscription banlieusarde. Il devait son siège à un coup de chance. Pour lui comme pour les autres, les cabinets de ministères s'entrouvraient devant lui dans la mesure où il savait arroser avec discrétion et élégance.

Depuis son élection, il avait dépensé une fortune et avait une bonne petite carrière de député moyen.

Il avait acheté un grand appartement au huitième étage d'un immeuble de grand standing, au 17 avenue *Rapp*.

Sa femme, Christine, un corps admirable, les seins ronds et sans faiblesse, la taille marquée, le bassin ample, était horriblement jalouse. Elle savait que son mari la trompait avec sa secrétaire. Ils passaient la plupart de leurs nuits au *Whisky Club*.

Depuis quelques années, Christine s'était mise à boire plus que de raison. Plusieurs fois elle l'avait menacé de divorcer.

Cette nuit-là, il était absent. Seule, elle en avait profité pour fouiller son bureau, chose qu'elle n'avait jamais oser faire jusqu'à ce jour !

Elle mettait alors la main sur un cahier caché dans un tiroir. Tout en buvant, elle passait la nuit à lire le dossier. Elle découvrait que son mari était compromis mais d'autres, des ministres, dont elle savait qu'il enviait la réussite l'étaient plus que lui. Philippe déposait chaque soir une bombe entre les feuillets de son cahier. Il y consignait chaque jour les contacts qu'il avait eus, les services échangés, les dérogations qu'il réclamait, les permis de construire arrachés, les marchés obtenus avec l'État, les pots-de-vin versés, les complaisances et leur prix.

Il notait non seulement les sommes versées et les bénéficiaires, mais la façon dont il les avait dégagées, le numéro du compte d'où il les tirait, la façon de les retrouver dans sa comptabilité, mais encore ce que l'autre en avait fait.

Il poussait même le vice jusqu'à proposer à l'autre de lui placer son fric en Suisse ou ailleurs. Puis dans ce cahier il relevait le numéro du compte, la date où il l'approvisionnait, la filière utilisée.

Désormais, elle tenait son mari avec ce dossier.

Cinq heures du matin Philippe rentrait au domicile conjugal.

Il surprenait sa femme avec le dossier compromettant. Il bondit vers elle, la saisit aux épaules, lui arracha le cahier des mains qu'il jeta sur le bureau. Puis, il la secoua et piqua une immense colère. Il la lâcha brusquement. Elle tomba à terre.

— Tu l'as lu ?
— Hélas oui ! Je sais maintenant ce qu'il contient.

Elle me tient, pensa-t-il.

Philippe se soulagea aussitôt.

— Quelle petite salope tu fais !

Il l'expédia dans sa chambre. Ce qu'elle fit sans rechigner un verre de

Whisky à moitié plein à la main.

Puis il se dirigea vers le téléphone. Il forma un numéro, demanda d'un ton sec qu'on lui passe Calvi, attendit puis ordonna au Corse de venir au plus vite.

Dans la demi-heure qui suivit, Calvi se garait au pied de l'immeuble, avide de recevoir des ordres et de les appliquer.

Il entra et prit l'ascenseur qui le montait au huitième étage. Il sonna. Son visage se découpa dans l'entrebâillement de la porte. Il pénétra dans l'appartement et Philippe referma la porte cossue derrière lui. Ils s'assirent dans les fauteuils du salon.

Philippe lui expliqua la situation. Avec ce que sa femme savait, la tempête pouvait survenir à tout moment. Il ne fallait pas qu'elle parle du cahier à quiconque.

— Bon, maintenant faut me trouver un gars pour la supprimer... Enfin, la suicider. Il ne faut absolument pas qu'elle parle de ce dossier à la police.
— Vous voulez faire disparaitre Christine Monsieur De La Mare ?
— Quelle autre solution ai-je ? Si elle parle à la police, je suis foutu et les autres aussi à cause de ce foutu cahier. Et c'est moi qui me ferai buter ! Faut qu'elle y passe avant moi !
— Bien, je pense connaître l'homme qui vous faut. Le prix risque d'être élevé. Il y a des risques vous comprenez.
— Peu importe, je paierais ! Je veux qu'elle disparaisse. Un suicide ce serait bien. Enfin débrouille-toi !
— OK.
— Bon, je file à la campagne pour ne pas être ici. Tiens un double des clés de l'appartement. Ton gars n'aura qu'à entrer et faire ce qu'il a à faire.

Christine continuait à dormir à l'étage. Elle cuvera pendant plusieurs heures. Ce qui laissait le temps à Philippe de ficher le camp et à Calvi de mettre Pierre sur le coup.

VI

Sept heures du matin. Philippe enfermait dans son cartable de cuir noir, le dossier compromettant. Il lui semblait plus prudent d'aller le planquer dans un coffre à la campagne. Philippe téléphona à sa secrétaire.

— Aline ?
— Oui.
— Je te réveille ?
— Ben, oui… Qu'est-ce que tu veux ?
— Je passe te prendre d'ici un quart d'heure.
— OK.

Aline, quarante ans, encore belle, brune, les épaules larges, le bassin puissant, l'accompagnait dans tous ses déplacements et couchait avec lui.

Dans la demi-heure qui suivait, Aline l'attendait sur le trottoir. Philippe arrivait à vive allure et s'arrêta brusquement à ses pieds. Elle s'engouffra dans la voiture, attacha sa ceinture et Philippe démarra aussitôt.

Il possédait près de Saint-Léger-en-Yvelines, une maison assez isolée dans la forêt.

Au volant de sa voiture de sport, il roulait sur les berges de la Seine, débouchait sur l'autoroute de l'Ouest qu'il prit dès l'entrée sur la troisième voie et s'y tint, dégageant le chemin à grands coups de trompe. Il conduisait rageusement à grands coups de gaz pour doubler les autres voitures. Il les dépassait en trombe, frôlant parfois la carrosserie.

Aline, bien ceinturée, se tenait aux poignées. On ne pouvait pas dire qu'elle avait peur mais elle s'accrochait.

On l'engueulait. Il y trouvait presque du plaisir. Il roulait à 180. Il passait ses nerfs.

Au Perray, il quittait la grande route. Le chemin était bordé des deux côtés par la forêt.

La villa se trouvait au fond d'un parc cerné par les arbres. C'était une construction assez laide, faussement normande, faussement tout. Philippe n'avait jamais restauré la façade. Il ne fallait rien montrer. Signe extérieur de pauvreté : un député n'a pas les moyens de se construire un château.

L'intérieur, c'était le grand luxe, le sommet étant constitué par un salon fermé au verrou, dans lequel Philippe enfermait ses collections, tableaux notamment achetés clandestinement chez *Sotheby's* à Londres, un *Ingres* et un *Velasquez* entre autres. La presse londonienne se demandait qui pouvait payer de tels prix. On parlait de mystérieux Américains. C'était vrai aussi. Mais leurs concurrents sont les corrompus français !

La grille était ouverte et un chemin de gravier montait vers la villa. Pierre fit crier les cailloux. Il n'avait pas une seconde à perdre. Il stoppa net devant le perron. Il sauta de la voiture, se précipitant vers l'arrière.

Il avait une clef dans son trousseau pour ouvrir la maison au cas où il arriverait à l'improviste. Il ferrailla dans la serrure. Il poussa la lourde porte de bois sculpté. Direction le salon. Une grande pièce meublée en

Louis XV avec une épaisse moquette. D'un lustre vénitien tombait une lumière vaporisée. Les volets étaient fermés qu'Aline ouvrait.

Philippe se dirigea, le cartable à la main, dans son bureau pour enfermer dans un coffre-fort, dissimulé derrière un tableau, avec une combinaison super compliquée, le cahier compromettant.

Puis, il alla vers le bar aménagé dans une commode ancienne. Il en tira une bouteille de *Whisky* – cinquante ans d'âge – et remplit un verre à demi. Il s'affalait dans un fauteuil et dégusta son breuvage.

Aline se pencha sur lui. Elle avait un regard indulgent pour le mince tissu que tendait la pointe de ses seins. Elle s'assit et voulait le caresser heureuse de le regarder. Il la retenait. Elle resta donc à son côté.

Il lui tendit un verre. Douces gorgées. Elle se leva.

Elle retira son top, laissa tomber sa jupe et comme elle ne portait pas de culotte, elle sourit à sa nudité superbe. Ses mains glissèrent sur toute la longueur de ce corps qu'elle aimait, montèrent vers ses seins, les soulevèrent, en pressant les pointes, les firent saillir, les rendirent sensibles, puis, brusquement, les délaissèrent, longeant la courbure de sa poitrine, comme pour calmer un spasme amorcé, glissèrent vers ses hanches, repartirent très lentement, jusqu'au creux des aisselles, retrouvèrent, au retour, ses seins implorants et les récompensèrent de leur attente.

Les mains de Philippe se joignirent aux siennes. Ses fesses saillirent, creusées par le frisson des muscles, pour s'asseoir à califourchon sur lui.

Elle soupira. Philippe l'embrassait sur la bouche. Elle ondulait, se contractait, se hérissait, se détendait ; chacun de ses muscles semblaient en perpétuel travail.

— Viens ! murmure-t-il. Tu sens mon ventre sur ton ventre ?

Elle ne répondit pas.

— Donne-moi tes seins à manger.

Elle se souleva sur les coudes et sur les genoux, avança le buste jusqu'à ce que son sein gauche soit placé au-dessus des lèvres, creusa les reins pour faire descendre la petite pointe ronde gonflée jusqu'à la bouche. Il écrasa de ses lèvres la bouche d'Aline, étouffant ses propres mots d'amour.

Ses seins se gonflaient et se soulevaient contre son torse et il laissa ses mains descendre lentement jusqu'à ses hanches, puis le long de ses fesses tandis qu'elle se collait plus étroitement contre lui.

Il guettait ses réactions, se laissant guider par ses murmures et ses gémissements. Quand elle se cambra pour mieux l'accueillir.

Ils s'endormirent l'un à côté de l'autre.

Elle se réveilla le lendemain, comblée par la sensation du corps de Philippe enveloppant le sien. Son bras reposait en travers de sa taille et son souffle régulier lui chatouillait la nuque. Elle sentait chaque relief de son torse imprimé dans son dos, chaque muscle de ses cuisses emprisonnant les siennes. Mais le plus grisant était le renflement viril tout contre ses fesses.

Ses lèvres s'égarèrent dans son cou et un délicieux frisson la traversa. Elle s'abandonna contre lui, tournant la tête pour lui faciliter le passage. C'était si agréable d'être à nouveau dans ses bras.

Aiguillonnée par son érection contre ses fesses, elle se retourna entre ses bras, prête à passer à la vitesse supérieure. Il planta deux mains fermes sur ses hanches. Il sema des baisers et des caresses sur son corps tout entier, l'excitant de son souffle. Elle s'abandonna à une foule de sensations nouvelles, toutes plus délicieuses les unes que les autres.

Il jouait de son corps, la faisant vibrer, gémir, frissonner de désir. Il la sentait vibrante et offerte. Affolée de plaisir, elle arquait son corps et jouit dans un cri.

VII

Le lendemain, vingt-heures sonnèrent au carillon Christine se levait. Elle avait dormi longtemps, très longtemps.

Wow, j'ai mal à la tête, oh Seigneur, lança-t-elle.

Elle prit une aspirine et s'allongea de nouveau et avala deux gorgées d'une bouteille de *Bourbon* qu'elle gardait sur sa table de nuit et commença à se sentir un peu mieux.

Une heure plus tard, elle se préparait pour aller danser, boire, passer du bon temps au *Whisky Club* avec des amis. Elle était vêtue d'une longue robe noire qui lui allait si bien.

Elle avait commandé un taxi. La voilà en route.

L'entrée du club était gardée par deux colosses, aux épaules de camionneur, aux traits brutaux et légèrement empâtés, habillés de noir qui sélectionnaient les clients. Une chaleur de fournaise envahissait la rue.

Christine descendit les escaliers éclairés par une rampe lumineuse multicolore.

— On se demandait si vous alliez venir Madame De La Mare, lança Jade, la jeune femme qui accueillait les clients.

— Bonsoir, répondit Christine.

— Bonsoir.

— Du beau linge ce soir ?

— Beaucoup de politiciens, d'aimables clowns, quelques duchesses, pas mal de putes… La qualité française, quoi. Heureusement il y a aussi des amis.

— Comme vous dites !

— Bonne soirée, Madame De La Mare.

— Merci.

À l'intérieur, le rouge habituel qui habillait les murs virait carrément à l'écarlate couleur sang. Le décor était moderne avec des coins cosy. La salle, très vaste, était noyée par la fumée. La musique jouée par l'orchestre était pour le moment plutôt jazzy sur laquelle se désarticulaient des couples.

Les lumières multicolores douchaient la scène, surveillée par deux molosses, prêts à bondir et à faire le ménage si nécessaire. Des filles perchées sur un podium, s'efforçaient à de répétitives danses lascives en tournant autour de mâts d'acier verticaux, vêtues d'un seul string.

Autour du pole danse et ses ambiances rock, jazz et blues, une Thaïlandaise, cheveux noirs et longs, le visage rond, les dents d'un blanc immaculé, des yeux couleur miel, minuscules, de la taille d'une adolescente, le cul merveilleusement saillant dans un string, surgissait au-devant de la scène et commençait à danser sur la musique.

Et rien au-dessus. Deux petits seins dorés qui n'avaient besoin de rien pour tenir tout droit, les pointes dardées, même légèrement en l'air, et dorées comme deux petits boutons en relief au soleil.

Elle se retournait et cambrait sa croupe, puis se baissait, cuisses écartées, se relevait, revenait face au public en montrant ses bouts de seins marron-orangé.

Elle ondulait des fesses. Elle s'accroupissait à nouveau,

s'immobilisait un instant puis pivotait sur les talons, présentant une croupe très ouverte. Elle avançait ainsi à quatre pattes, croupe tournée face aux jeunes hommes admiratifs du spectacle qui avaient les yeux vissés au cul dansant.

Puis elle se retournait encore, et jouaient des fesses. Elle se trémoussait, jetait des coups d'œil de plus en plus appuyés vers la gent masculine. Elle sortait le grand jeu, cuisses écartées autour de la barre en aluminium. Elle se déhanchait et agitait ses cheveux noir ébène, minaudant avec délectation.

Elle se déchaînait au son de ses soupirs suggestifs. Elle se cambrait et en frétillait. Elle se laissait glisser doucement le long de la barre. Arrivée en bas, elle roulait à quatre pattes et se laissait avancer jusqu'au bord de la scène.

Elle se penchait en avant et finissait par mettre ses fesses presque sous le nez d'un admirateur. Elle lui souriait. Il écartait l'élastique de son string pour y déposer un billet. Elle se redressait et elle se jetait dans ses bras.

Il l'attrapait par la taille et posait sa main au bas de son dos et la poussait pour la forcer à se frayer un chemin dans la masse compacte des danseurs. Quelques hommes bousculés et occupés à descendre des verres se retournaient, déjà prêts à la bagarre.

Il continuait à pousser la fille à l'autre bout de la salle vers une petite porte presque invisible derrière une épaisse tenture rouge qu'il soulevait et pesait de tout son poids sur la porte capitonnée. Il poussait une deuxième porte.

Le vacarme de la musique s'éteignit immédiatement. À l'intérieur de cette alcôve, avec une salle de bains, il en profitait pour l'embrasser de force et lui caresser copieusement les fesses. Il appuyait sur l'interrupteur qui éclairait une lumière rouge à l'extérieur signalant l'occupation de l'endroit. Il déboutonnait sa chemise et s'en débarrassait, exhibant un torse musclé, orné de deux chaînes d'or, couvert d'un poil noir tel un singe. Il plaquait ses deux mains sur les fesses cambrées de la fille et l'attirait contre lui.

Il prit la main droite de la fille et la plaqua contre le devant de son jean. Il défit la ceinture de son jean, puis le zip, le laissant tomber à ses pieds, découvrant un slip rouge déformé par son sexe. Il se débarrassait de son sous-vêtement et s'allongeait directement sur le lit. Dépouillé de tous ses habits la jeune asiatique, plutôt maigre, avec une chute de reins magnifique baissait sa tête vers le ventre du type.

Soudain, il se redressait, prit sur la petite table de nuit une boîte à pilules et l'ouvrit. Délicatement, il plongea un doigt dans le boitier de nacre, ramena de la poudre blanche vers sa bouche et s'en enduit les gencives et prit un tube d'argent pour sniffer.

Pendant ce temps, la jeune femme avait pris son sexe en bouche. L'homme, les yeux injectés de sang, caressa de sa paume, le ventre ferme et plat de la stripteaseuse, juste au-dessus du renflement du pubis. Ses doigts couraient le long des plis de l'aine, et sur la surface de sa partie la plus intime. D'un bond, il se leva et la coucha sur le lit. Il s'approcha d'elle, tenant son sexe de la main droite, tâtonna un peu et l'enfonça dans le ventre de la jeune femme. La cocaïne retardait sa jouissance. Il s'introduisit dans l'inconnu du corps de la jeune femme, allant de plus en plus loin entre ses muqueuses humides. Elle se mordait les lèvres. Au bout de l'extase, tous deux fonçaient prendre une douche. Séchés, ils se rhabillaient rapidement avant de s'endormir.

Tandis que près du bar, l'alcool coulait à flot. Les clients étaient agglutinés et scotchés au comptoir où la fumée planait au-dessus.

Les danseurs étaient nombreux sur la piste. Ils se tortillaient dans tous les sens et accompagnaient les musiciens en chantant à tue-tête. L'orchestre jouait des morceaux connus. Les spots clignotaient et un projecteur éclairait la piste ; pleins feux sur Christine.

Elle dansait sur la musique, elle tournait. Elle affichait un grand sourire joyeux depuis le début de la soirée, presque enivrée par les premiers verres d'alcool. Elle était dans son élément.

Elle s'approchait du bar.

— Un *Whisky* avec de la glace, s'il vous plaît
— Bien Madame, tout de suite.

Elle parlait aussi, beaucoup même. Peut-être trop…

Elle avait été approchée par Maître Lecornu, l'avocat de Philippe. Il l'avait invitée à danser. À l'occasion, il était également son amant.

— Tu as démarré un peu tôt, non ?... Penses-tu que ce soit du meilleur goût ?
— Mais je me fous de l'opinion des gens ! Ça alors, je trouve ça admirable ! On exige de moi des vertus qu'on n'exige pas de mon mari !
— Et, où est Philippe ?... Je ne l'ai pas vu de la soirée.
— Il est parti à la campagne.
— À la campagne ?
— Oui, il voulait planquer des documents. Lorsque nous partons à la campagne, je lui ai toujours recommandé de tout mettre au coffre, avec l'argenterie et les bijoux. C'est ce qu'il a dû faire ! Pour une fois, il a suivi mes conseils !
— Ah, bon, et quels types de documents ?
— Tu veux tout savoir !
— Simple curiosité, tu sais bien… Déformation professionnelle…
— Ben, pour tout te dire, j'ai mis la main sur un cahier secret…
— Un cahier secret ?
— Oui, un cahier compromettant…
— Compromettant ? Comment ça ?
— Eh, ben j'ai découvert que Philippe consignait chaque jour les contacts qu'il avait eus, les services échangés, les pots-de-vin versés…. Il notait les sommes versées et les bénéficiaires, les numéros du compte…
— Philippe détient un cahier…
— Oui, je l'ai vu !... Ah, maintenant, fiche-moi la paix ! Je veux un autre verre… Assez parler de ça !

— Garçon, un autre verre pour Madame… Vous mettrez ça sur mon compte…

— Bien Maître !

— Dis-moi, tu m'épouserais si j'étais riche, hein ? lança Christine d'une voix un peu chevrotante.

— Tiens-toi s'il te plaît.

— Quand j'aurai le dossier de Philippe, je serai riche !

— Ça suffit ! Arrête de boire !

— Combien tu vaux Nicolas ?

— Aller, reste un moment ici !

Lecornu laissa Christine un moment au bar. Il rejoignait, dans le salon privé, Langlois, le président de l'Assemblée nationale assis à sa table, entouré d'amis.

— Bonsoir, Monsieur le président, lança Nicolas.

— À tout à l'heure chers amis… Asseyez-vous Maître.

— Voilà, Monsieur le président, il fallait que je vous voie de toute urgence. Je viens d'apprendre par Christine De La Mare que Philippe détient un cahier secret et compromettant. Quels moyens devons-nous mettre en œuvre pour éviter des fuites ?

— Je n'en vois qu'un !... Détruire ces gribouillis infâmes !

— Seulement détruire ?

— Non, vous avez raison, il faut faire trembler toute cette clique de misérables !... Plus de cher grand homme ! Discrédité ! Finis le cher grand homme !... Je suis en train de faire fortune alors il faut sauver notre organisation Lecornu !

— Oui, Monsieur.

Lecornu se leva et quitta la table. Il traversa la salle pour revenir vers Christine toujours attablée au bar. Elle ne voulait pas en sortir. Elle voulait continuer à s'amuser. Elle voulait continuer à profiter de sa soirée. Elle gagnait la piste de danse. Nicolas la suivit. Elle dansait et chantait sur *Love To Love You Baby*. Elle ne savait plus où elle était.

Le club avait deux pistes de danse dont une à l'air libre sous le ciel étoilé. Malgré l'heure avancée il y avait toujours autant de monde qui se déhanchait. Même chose au bar.

Elle avait fini son verre qu'elle avait posé sur une table. Elle cherchait Nicolas qui s'était éclipsé encore une fois. Elle continuait à tournoyer.

À son retour, elle s'était approchée de lui en sueur. Elle l'embrassait goulument sous les yeux du tout Paris sans aucune retenue ni pudeur.

Elle n'en avait rien à faire. Dans un coin, un client pelotait bien une jeune femme en blanc. Christine enchainait les danses à côté des baffles. Dans le tintamarre, elle avait une pensée pour toutes ces filles entretenues.

Elle se secouait le buste en avant et en arrière et parfois à contretemps. Ses jambes ne la tenaient plus.

Cinq heures du matin, Nicolas et Christine sortaient du club.

VIII

Nicolas ramenait Christine chez elle. Il la laissa au pied de l'immeuble.

Seule elle prit l'ascenseur, ouvrit la porte et entra dans le hall d'entrée. Elle se débarrassa de ses bijoux qu'elle déversa dans une boîte en nacre posée sur une tablette face à la porte et se déshabilla. Elle pénétra dans la salle de bains et se glissa dans la cabine de douche. Elle se plaça près de l'angle, dos au mur carrelé, et se glissa sous la pluie chaude, les paupières closes pendant une dizaine de minutes. L'eau se déversait sur sa tête. Elle entreprit de se savonner comme jamais elle ne l'a fait, c'est-à-dire trois fois de suite. Elle se savonnait délicatement la peau, elle se sentait légère. Ses doigts traînaient sur sa peau douce. Elle se savonnait les bras, autour des seins et à l'aine. La mousse coulait sur son ventre et ses jambes pour disparaitre dans le syphon. Petit à petit, sous ce flot régulier, elle sentait tous ses muscles se détendre. Elle frissonnait même un peu. Des gouttes de condensation parsemaient les parois de la douche.

Elle passa près d'une heure sous le jet en pleurant parfois. Elle coupa l'eau et tendit le bras pour saisir l'immense drap de bain qui pendait. Enveloppée dans l'épais tissu éponge, elle vint s'asseoir sur le lit.

Séchée, elle enfila une nuisette et se coucha. À peine fut-elle allongée qu'elle eût envie de boire. Elle se leva et rejoignit le salon.

Elle fit volte-face au bruit qu'elle venait d'entendre. Elle s'avança dans la pièce. Pierre ganté de cuir noir lui faisait face.

— Ah, ah… Oh, mon cœur ! Vous savez que vous m'avez fait peur vous !... Qui êtes-vous ? Vous m'avez fait peur. On ne rentre pas comme ça chez les gens, vous auriez pu téléphoner… Ou sonner à la porte…Vous pourriez répondre… Vous n'êtes pas des plus bavards !... Comment êtes-vous entré ?... Pourquoi ne répondez-vous pas ?... Pourquoi gardez-vous le silence ?... Que voulez-vous ?... Si vous cherchez à m'impressionner c'est fait !... Vous vouliez me faire peur ?... C'est réussi !... C'est pas la peine de s'énerver… Alors, mais parlez donc !... Maintenant on peut, peut-être s'asseoir pour m'expliquer ce que vous voulez… Dites-moi… Qu'est-ce que vous voulez de moi ?... Ça peut s'arranger… Gardez à l'esprit que j'attends quelqu'un, et vous savez ce qui se passera s'il vous trouve ici ?...

Devant le mutisme de Pierre elle cria.

— Assez !... Je vous préviens ! Ça va vous coûter cher !... Il sera très surpris de vous voir ici !

Elle reculait transie par la peur.

— Je vais appeler la police ! Au secours ! Aidez-moi !

Pierre mit en route la chaine Hifi et envoya la musique. Le volume à fond.

— Écoutez, ça ne fait plus rire du tout ça ! Qu'est-ce que vous voulez à la fin !... N'avancez plus, je vais crier !... Je vais crier sur le balcon !

Maintenant, elle se trouvait le dos tourné à la porte fenêtre entrouverte. Les rideaux bâtaient au gré du vent. Pierre se jeta sur elle et posa son gant de cuir sur sa bouche. Il la fit reculer jusqu'au garde-corps du balcon. Elle bascula. Elle s'écrasa sur le capot d'une voiture garée huit étages plus bas. Raide morte.

Les pompiers alertés par des passants arrivèrent rapidement. La police suivait toute sirène hurlante avec à sa tête Lefort et Marquet.

Pierre, au milieu des badauds, restait immobile un moment devant la scène macabre. Puis il tourna les talons et s'en alla en quête d'un transport en commun.

Rapidement, les journalistes étaient sur place. Le photographe de *France Soir* mitraillait. Lefort exigea qu'on lui apportât les tirages sur le champ.

De retour au bureau et après les constations d'usage, Lefort et Marquet ouvrirent un nouveau dossier.

Deux heures plus tard, le vaguemestre de *France Soir* déposait une enveloppe sur le bureau de Lefort. Marquet sortait quatre clichés de la petite pochette noire et les épluchait une à une. Ses yeux s'arrêtèrent net sur l'une d'entre elle.

Il hurla.

— René vient … Viens voir !
— Mais que t'arrive-t-il ?
— Regarde cette photo.
— Mais c'est Barani !
— Oui, tu as raison, c'est Barani quelques minutes après le crime.
— C'est donc peut-être un crime et pas un suicide !
— Quel est le lien entre la femme du député et Barani ?
— Ah, ça, si je le savais… Attends un peu… Tu ne m'as pas dit que Madame De La Mare et son mari fréquentaient le *Whisky Club*.
— Mais si, bien sûr !... Et on a retrouvé le mari ?
— Non, pas encore.

IX

À dix heures une radio périphérique donna la brève information : *l'épouse du député, Philippe De La Mare, s'est suicidée.*

Une voix qui n'avait pas l'air de prendre au sérieux ce qu'elle disait donnait la terrible nouvelle :

Elle se serait jetée du huitième étage de l'immeuble où habitait le couple De La Mare, au 17 avenue Rapp.

C'est ainsi que Philippe apprenait la disparition de sa femme.

En apprenant la terrible nouvelle, Philippe et Aline reprenaient la route en direction de Paris sans oublier le dossier.

Arrivé dans la capitale, il déposa Aline à la gare *Montparnasse*. Il lui demandait de cacher le cartable dans une consigne.

Les consignes se situaient au niveau un, à proximité du magasin *Beauty Bubble*. Aline descendait les marches d'escalier.

À présent, elle se trouvait devant un casier. Elle y glissa le cartable, referma le casier, glissa la clé dans son sac à main et prit la direction de la bouche de métro.

Pendant ce temps, Philippe filait au 36 Quai des Orfèvres.

Il poussa la porte battante, pénétra dans le hall et s'avança jusqu'au bout du couloir.

Là, une banque en bois noir partageait la pièce en deux. Du côté réservé au public il n'y avait qu'un banc, peint en noir lui aussi, contre le mur blanc et couvert d'affiches administratives. De l'autre côté, il y avait des bureaux, des ordinateurs noirs encore, de sorte qu'ici tout est noir et blanc.

L'agent de police assis derrière la banque, était un bel homme, au visage poupin affublé de paupières finement plissées, de pattes d'oie à peine marquées, et sans doute cette nuit, comme la plupart des autres nuits, n'avait-il pas dormi son sou.

L'horloge, placée sur le mur opposé et encerclée de noir, marquait onze heures vingt-cinq.

Dans le bureau de gauche, Lefort remuait les lèvres comme un écolier, penché sur une note interne à l'attention des officiers de police judiciaire.

En face de lui, Marquet se tenait debout taillant la bavette avec un agent. Tous trois relevèrent la tête en entendant des pas précipités sur le lino du couloir. La porte s'ouvrit. L'homme essoufflé regardait autour de lui, ébloui par la lumière des néons.

Au même moment, le téléphone sonna au loin. Lefort décrocha.

Philippe débarquait pour identifier le corps de sa femme. L'agent d'accueil le fit attendre quelques instants. Moins de cinq minutes plus tard, Lefort sortait de son bureau et accompagnait le député à l'institut médico légale.

Les présentations faites, le médecin légiste, le *Doc* comme on l'appelait ici, tapa un code sur l'un des tiroirs qui se déverrouilla. Il l'attrapa par la poignée et le tira vers lui. Un léger nuage de buée glacée s'en échappa. Le corps apparaissait. Il était revêtu d'un drap bleu que le toubib souleva pour présenter la tête de la victime à Philippe qui se pencha brièvement. Il regarda le visage glacé découvert avant de se relever, affichant une mine faussement attristée. Des cheveux, des paupières refermées… C'était bien le nez et la bouche de Christine. Il baissa les yeux, s'étouffa, et leva une main devant sa bouche. Puis il détourna le regard.

— C'est bien elle… C'est bien ma femme… Ça devait arriver, je le savais.

— Comment ça ? demanda Lefort.

— Elle buvait beaucoup ces derniers temps. Surtout du *Whisky*… Sans doute, aura-t-elle voulu regarder par le balcon, se pencher et elle bascula.

— Probablement… Le médecin légiste privilégie le suicide… Donc, votre hypothèse pourrait être la bonne.

Le *Doc* recouvrit le visage du drap bleu et referma le tiroir.

— J'ai procédé à un examen de la défunte et accordé le permis d'inhumer sans réserve. Le voici Monsieur De La Mare, annonça-t-il.

Philippe prit le certificat, le glissa dans la poche intérieur de sa veste sortit de la salle. Lefort reprit la parole.

— Monsieur De La Mare, savez-vous ce qu'a fait votre épouse hier soir ?

— Sans doute est-elle allée au *Whisky Club*. Nous avions l'habitude de nous y rendre ensemble pour retrouver des amis… Vous n'avez qu'à demander à Monsieur Calvi, le propriétaire du club privé, il pourra vous confirmer cela.

— Et vous ?

— J'étais dans notre maison près de Saint-Léger-en-Yvelines. J'avais à faire.

— Et vous avez un alibi ?...

— Mais, je croyais que c'était un suicide !

— Oui, oui, mais c'est juste pour savoir.

— J'étais donc à Saint Léger en compagnie de ma secrétaire.

— En compagnie de votre secrétaire ?

— Oui, j'avais un long rapport pour l'Assemblée à rédiger. Nous y allons quelques fois pour être au calme et surtout pour ne pas être dérangés. Madame De La Mare était au courant ?

— Oui, bien sûr !

— Nous vérifierons tout cela Monsieur De La Mare… Toutes nos condoléances ! Vous pouvez y aller. Si j'ai d'autres questions, je me permettrai de revenir vers vous.

— Faites, je n'ai rien à cacher.

— Je vais vous faire sortir par derrière pour éviter les journalistes.

— Merci.

X

Pierre était rentré peinard. Il était allongé sur le lit quand le téléphone sonna. C'était Calvi à l'autre bout du fil.

— Allô ?
— Oui.
— C'est vous ?
— Oui, c'est moi.
— Vous vouliez me parler ?
— Oui… Rendez-vous gare *Montparnasse*, en bas de l'Escalator, côté place *Raoul Dautry*. Vingt minutes pour me retrouver au bas de l'Escalator.
— OK… Je vous rappelle.

Vingt minutes plus tard, le téléphone de Pierre retentit.

— Prends l'escalator, traverse le hall de la gare, passe devant l'accès aux voies 22 et 23, et descends l'escalier qui donne sur le boulevard de *Vaugirard* et tourne à droite vers le bistrot, *Le Montparnasse…*

Calvi raccrocha. Pierre suivit l'itinéraire, persuadé qu'il n'était pas loin et tenait à s'assurer que Calvi était venu seul. Il prenait beaucoup de précautions.

Cela faisait deux ou trois minutes qu'il attendait devant le café. Pierre observait les clients attablés en terrasse. Calvi n'était apparemment pas là. Il jeta un rapide coup d'œil à l'intérieur pour voir s'il l'y attendait. Un homme seul consommait au fond de la salle : ce n'était pas lui. Il ressortit. Pas de Calvi. Son inquiétude grandissait : *me suis-je fourré tête baissée dans un piège ?* pensa-t-il. Il essayait de se rassurer en palpant son arme. Il attendait. *De toute façon, s'il n'est pas là dans cinq minutes, je m'en irai comme si de rien n'était,* avait-il en tête.

— Retourne-toi !
— Monsieur Calvi, enfin vous. J'allais partir.
— Bon, viens par ici et parlons vite. Je ne veux pas qu'on nous voit ensemble.
— Moi, non plus, je ne veux pas rester là. C'est dangereux !... Pourquoi ce rendez-vous ?
— Une nouvelle mission.
— Combien ?
— Je ne sais pas.
— Et c'est quoi ?
— Abattre un député.
— Le mari de la femme ?
— C'est cela même. Tu comprends vite.
— Quand ? et où ?
— Tu auras d'autres infos plus tard ! Je t'appelle.
— OK...

Calvi reprit sa voiture et fila dans la direction du club privé.

Quant à Barani il se dirigea vers la station de métro. Il descendit dans la bouche de métro et rentra chez lui. Vivianne l'attendait vêtue d'une mini-jupe moulante écossaise et d'un caraco qui ne cachait rien de sa peau laiteuse. Il sentait ses seins pressés contre son torse. Il n'avait aucun droit de la priver du plaisir qu'elle demandait, puisqu'il n'avait jamais refusé de satisfaire une femme. Mieux valait y céder, et l'assouvir.

Il posa les mains sur ses hanches, puis les fit remonter jusqu'à sa poitrine qu'il prit en coupe. Comme elle gémissait, il lui mordilla gentiment la lèvre avant d'effleurer de ses pouces les pointes dressées de ses seins. Le souffle de Vivianne se fit haletant contre sa bouche. Pierre sentit son ventre presser ses hanches.

Et, sans lui laisser le temps de réfléchir, il reprit possession de sa bouche. Cette fois, il lui mordilla la lèvre et lui pinça doucement le bout des seins en même temps, la faisant frémir contre lui. Il sentit alors son propre pouls s'emballer, son érection s'affermir. Il voulait la voir nue, la caresser, il voulait qu'elle le touche, le prenne dans ses mains. Il voulait qu'elle le supplie de lui faire l'amour…

Sa réponse ne se fit pas attendre. Il lui mordilla doucement le cou. Une fois de plus, elle ne le repoussa pas. Au contraire, elle enroula les bras autour de sa taille. Cela eut pour effet d'intensifier le désir de Pierre, qui la souleva et la porta sur le lit. Il lui enleva alors son caraco et lui enleva sa mini-jupe. Aussitôt, elle porta les mains à sa poitrine et sur son sexe. Il les écarta avec douceur. Il admirait la rondeur parfaite de ses seins, le contraste entre sa peau si pâle et l'ébène flamboyant de ses cheveux. Son pouls battait fort. Il l'allongea sur le lit. Il contempla quelques instants ses yeux qui brillaient et ses joues délicieusement rosies qui trahissaient son intense désir. Du bout des doigts, il traça le contour de son buste, descendit jusqu'à sa taille, puis remonta vers sa poitrine. Il prit un sein en coupe, ravi de la voir retenir son souffle. Elle se mordit alors la lèvre, se cambra contre sa main. Elle fermait les yeux sur un soupir. Il fit rouler le bout de son sein entre ses doigts, la vit se tordre comme si elle essayait d'échapper au plaisir tout en le réclamant.

Délaissant alors sa poitrine, Pierre traça du bout du doigt une ligne médiane, et vint caresser le sexe de la belle. Elle frémit aussitôt, levant vers lui des yeux émerveillés. Elle se cambra contre sa main, incapable de dissimuler son plaisir.

Elle était prête à le recevoir. Ce qu'il fit dans la seconde suivante. Pour elle c'était l'extase. Il faisait grimper son plaisir jusqu'à ce qu'un fulgurant orgasme la foudroie et lui fasse crier son prénom.

Après quelques minutes de repos, la sonnerie du téléphone retentit.

— Allô ?
— Oui.
— Monsieur Calvi ?
— Oui, c'est moi.
— Bon, j'ai les ordres.
— Et ?
— Vivianne te fera passer les consignes après son service avec ce qu'il te faut. Tu auras tout ça demain matin.
— Ça me va. OK… Merci.

Le lendemain à cinq heures, Vivianne passa chez Pierre. Elle lui confia une enveloppe qui contenait les instructions. Elle lui remettait en plus, une tenue de serveur brodé en haut à gauche au nom du restaurant *Chez Françoise*, et un flacon contenant de la poudre.

L'opération était prévue le jour même au restaurant.

XI

À l'Assemblée nationale, 8 h 00.

Les parlementaires arrivaient au fur et à mesure à l'assemblée. Ils rejoignaient leur bureau respectif.

Philippe De La Mare était arrivé dans les premiers. Il était installé à son bureau. Aline, sa secrétaire était à ses côtés comme à l'accoutumée. La première chose qu'il faisait était de prendre connaissance du courrier qu'Aline avait pris soin de lui ouvrir. Les coups de fils s'enchainaient les uns à la suite des autres. La matinée s'écoulait rapidement.

9 h 00, il passait un coup de téléphone pour réserver une table pour ce midi à la cantine des parlementaires *Chez Françoise*.

À la même heure, le Légionnaire quittait sa planque et arpentait les rues et les bouches de métro jusqu'au restaurant *Chez Françoise*, le rendez-vous des parlementaires.

Pierre avait été recruté comme extra ce jour-là. Il se présentait à son nouveau job. Il était accueilli par le maître d'hôtel qui vérifiait son nom et prénom ainsi que son pédigré professionnel. Les formalités terminées,

69

il était conduit au vestiaire où il enfilait sa tenue de travail. Il glissait dans la poche de son pantalon le flacon remis par Vivianne.

Les députés représentaient 90% de la clientèle du restaurant ce jour-là. Le personnel disposait d'une fine culture politique pour placer subtilement ses hôtes et plusieurs espaces discrets avaient été aménagés pour conserver la confidentialité de certaines rencontres.

Midi sonnait dans le bureau de Philippe. Il se rendit immédiatement *Chez Françoise* accompagné de Xavier Maréchal, son ami et chef d'entreprise.

Pierre attendait patiemment son entrée en scène. Il vit arrivé Philippe grâce au trombinoscope collé au mur dans les vestiaires. Sa cible était bien là au rendez-vous.

Accueillis par Nathalie, Philippe et Xavier étaient installés dans un coin à l'abri des regards. Une carte du menu était donnée à chacun d'eux. Le choix était rapide car il fallait faire vite pour être à l'heure pour la séance de l'après-midi. Ce sera le menu du jour.

Menu

MILLEFEUILLE D'AUBERGINE RÔTIES ET RICOTTA,
ET SA CRÈME D'OLIVES NOIRES,
VINAIGRETTE AUX FRUITS SECS

RAVIOLES DE HOMARD, COULIS DE CRUSTACÉS,
ET SA JULIENNE DE LÉGUMES

NAGE DE FRAISES "CHARLOTTE" DE SOLOGNE
A LA VERVEINE ET SA GLACE
FLEUR D'ORANGER - PISTACHE

Nathalie présenta le nouveau serveur à ses clients. Pierre ne manqua pas de les saluer. Il avait été désigné pour effectuer le service.

Jusqu'ici le plan fonctionnait plutôt bien.

Philippe et Xavier étaient associés. Ils travaillaient ensemble dans l'immobilier. Leurs bureaux étaient situés dans le quartier de la *Défense*, au 32ᵉ étage d'une tour.

Xavier avait un avantage, son bureau était certes exigu mais il bénéficiait d'un accès direct au bureau de Philippe. Autre avantage : il avait une vue spectaculaire sur le quartier. Il était à la fois associé dans les affaires mais aussi le conseiller de Philippe. C'était lui qui dirigeait l'entreprise depuis que Philippe était devenu député.

Le visage chiffonné, Philippe demanda à son ami de lui rendre un service. Il parlait très doucement pour éviter une oreille indiscrète.

— Voilà, j'ai confié un dossier compromettant à la Grande Aline. Elle a planqué le dossier dans une consigne de la gare *Montparnasse*. Je te demande de la protéger et ce dossier ne doit pas tomber ni dans les mains de Langlois et ses amis, ni dans celles de Calvi. Tu vois ?
— Je vois très bien… OK… C'est tout ?
— Oui… Pour le moment… Fais gaffe à toi !... S'il vous plaît Pierre.
— Oui, Monsieur.
— Vous apporterez deux verres de *Meursault* 2018 "*les Criots*" *Domaine Buisson*, s'il vous plaît.
— Bien Monsieur De La Mare.

Dans la foulée, Pierre prépara les deux verres de vin. Il versa discrètement le contenu de la fiole dans le verre destiné à Philippe. Il déposait les deux verres sur la table des deux amis.

Suivait le premier plat. Les autres suivirent.

À l'issue du déjeuner, les deux amis se séparèrent. L'un prit la direction du *Palais Bourbon* et l'autre celle du domicile d'Aline.

XII

Une tribune, surnommée cimetière, était spécialement réservée aux anciens députés. Ils évoquaient avec nostalgie le temps où, ils étaient représentants du peuple et qu'ils occupaient un siège d'en bas, dans l'hémicycle. Dans un défilé incessant, ils prenaient la place qu'ils s'étaient attribuée.

Depuis un petit moment, le public qui s'entassait dans les tribunes regardait, non sans surprise, les députés arriver en bavardant, sans marquer aucun empressement pour gagner leur place, et les huissiers, tout de noir vêtus, tendre à chacun une feuille jaune.

Les collaborateurs des ministres, se serraient dans les *guignols*, les deux loges qui leur étaient réservées, au-dessus des entrées latérales de l'hémicycle. Ils ne voulaient pas manquer le spectacle. Certes, ils seraient plus à l'aise devant un poste de télévision, la séance étant retransmise en direct ; mais c'était un privilège dont il ne convenait pas de se priver.

Le brouhaha se fait de plus en plus fort. Le Premier ministre pénétrait dans l'hémicycle, s'installait à son banc ; à ses côtés s'assied le ministre chargé des Relations avec le Parlement.

Bref, la séance promettait d'être houleuse comme à l'accoutumée.

Monsieur le Président ! hurla l'huissier.

Le Premier ministre et les membres du gouvernement se levèrent, les députés également, certains ne faisaient que se soulever vaguement de leurs sièges pour s'y laisser aussitôt retomber.

Le président de l'Assemblée nationale gravissait lentement les marches jusqu'au perchoir. Avant de s'installer dans l'imposant fauteuil de Lucien Bonaparte à l'époque où il présidait le Conseil des Cinq-Cents, il salua d'un geste bref ses collègues et les membres du gouvernement. Il était immédiatement rejoint par le secrétaire général de l'Assemblée qui se juchait un instant à ses côtés sur un petit siège qu'en jargon parlementaire on nomme *la miséricorde*. Visiblement, Langlois était surpris par ce qu'il lui disait à l'oreille.

Quant à Philippe De La Mare, il avait pris possession de son fauteuil. Ses collègues lui présentaient chacun à leur tour leurs condoléances. Langlois l'avait fait en privé auparavant.

À quinze heures précises, le président annonça : *La séance est ouverte. Chers collègues, nous avons appris avec tristesse, le décès tragique de l'épouse de Philippe De La Mare. Je vous demande de respecter un moment de recueillement à sa mémoire.*

Les députés se levèrent, les ministres aussi. La traditionnelle minute de silence ne dura pas même vingt secondes et se conclut par un *Je vous remercie* de Langlois qui se laissa choir dans son fauteuil et annonça la suite de l'ordre du jour.

Les invectives fusaient de part et d'autre. Les rappels à l'ordre du président n'étaient pas entendus.

À seize heures, lorsque le président descendit du perchoir, le public était ravi : il avait assisté au spectacle qu'il espérait voir. Les journalistes s'empressaient de rejoindre la salle des *Quatre Colonnes* pour obtenir des réactions qu'ils souhaitaient polémiques.

Langlois ne s'attarda pas dans les couloirs. Il regagna son bureau au premier étage de *l'hôtel de Lassay.*

Après une séance passablement animée, Christian, l'huissier chargé de faire le tour de l'hémicycle, murmura en apercevant un député qui était resté assis :

— Non, pas possible, pas lui, encore.

Il gravit rapidement les gradins qui le séparaient du député, et l'apostropha d'une voix forte :

— Monsieur le député ! Monsieur le député ! Réveillez-vous, la séance est terminée.

C'était Philippe De La Mare. Il ne bronchait pas. Christian le secoua d'abord doucement puis avec vigueur, il ne comptait plus le nombre de fois où il l'avait arraché aux bras de Morphée. Il eut envie de lui envoyer une belle paire de claques mais il se ravisa, en songeant aux conséquences qu'aurait son geste. Il se glissa derrière le banc, saisit l'élu sous les aisselles, le redressa, mais le corps retomba lourdement sur la table. Christian blêmit, il avait l'impression d'avoir eu entre ses bras une poupée de chiffon. Très inquiet, il interpella un de ses collègues, qui se trouvait près d'une des portes de sortie.

— Eh Fred ! Viens voir ! Je n'arrive pas à le réveiller !

Fred le rejoignit et y alla de son commentaire :

— C'est bizarre, habituellement, on le réveille sans problèmes, que se passe-t-il ? Il est peut-être évanoui, je pense préférable de prévenir le toubib tout de suite.
— OK.

Christian appela le médecin à l'Assemblée. Deux minutes plus tard, il était sur place et auscultait le député :

— Hum, j'ai bien peur que… Apportez-moi le défibrillateur et en vitesse ! C'est ce que vous auriez dû faire, je vous l'ai expliqué pourtant !

Jean se hâta de chercher l'appareil et le lui remit. Le médecin écarta brutalement la chemise du député, et posa une électrode sous l'aisselle gauche et une autre sur la poitrine droite. Il recula, l'onde électrique était envoyée automatiquement, tout irait bien, d'ici quelques secondes, le cœur repartirait. Le docteur Ruel serait dégagé de toute responsabilité. Il se rapprocha du député et constata que le cœur ne redémarrait pas. Il appela les urgences.

Le docteur sortit un miroir de sa sacoche et le positionna en face de la bouche du député. Rien, pas de buée.

Philippe De La Mare était mort !

Jean se dépêchait de prévenir le commandant Jabert. Il était le chargé de la sécurité à l'Assemblée nationale.

— Vous avez pensé à prévenir la présidence ? lâcha le docteur.
— Euh, non.
— Eh bien, faites-le !

Sur ces entrefaites, Jabert arriva et prit les premières dispositions.

Claude, en voyant l'état de son collègue, se chargea de prévenir Langlois. Au bout de la ligne, le factionnaire prit le message, et aussitôt se précipita dans le bureau de Langlois qui rugit :

— J'ai demandé à n'être dérangé sous aucun prétexte !
— Monsieur le président, il s'agit d'une urgence extrême, Monsieur de La Mare s'est trouvé mal.
— Mais qu'est-ce que j'en ai à foutre de cet abruti ? Le médecin est-il auprès de lui ?
— Oui, bien sûr et c'est lui qui a demandé que vous soyez alerté, il pense que le député est décédé en salle des *Séances*.

Stupéfait, il répéta :

— Décédé ?

Il saisit son verre de *Cognac* et le vida d'un coup.

Dans la foulée, il convoqua Jabert dans son bureau.

Dans les cinq minutes qui suivirent, Jabert le salua et grommela.

— S'il a été assassiné, c'est qu'il y a un tueur parmi les personnes qui travaillaient ou circulaient à l'Assemblée aujourd'hui. Le public qui assistait à la séance des questions d'actualité doit être écarté, il est reparti, mais on doit compter l'ensemble du personnel de l'Assemblée, les huissiers, les assistants parlementaires, les ouvriers et techniciens de l'entretien et de la maintenance, les fonctionnaires des différents services, il sera indispensable de dresser la liste de ceux et de celles qui ont franchi le seuil de la salle des séances.

— Mais ce n'est pas un assassinat Jabert !… Une crise cardiaque certainement… Vite Jabert, je veux que nous soyons débarrassés du corps rapidement.

— Mais, il faut bien enquêter Président !

— Enquêter sur quoi ?

— Et si c'était un assassinat ?

— Arrêtez avec cette idiote hypothèse ! Qui voulez-vous assassine De La Mare ?... Allez faites emmener le corps !... Prévenez la famille et juste une information à la presse. C'est tout ! Je vous remercie pour votre soutien, je vous rappelle que vous devez respecter la plus totale discrétion. Nous en avons terminé pour aujourd'hui, au revoir Commandant.

— Bien Monsieur le président. Au revoir Monsieur.

Jabert sortit du bureau.

XIII

À dix-sept heures trente, Jabert prit par le doute décida de son propre chef de contacter le commissaire Lefort. Il se chargerait de l'enquête en dehors du *Palais Bourbon*. Il savait que Lefort était extrêmement efficace et qu'il saurait gérer la situation avec doigté.

Il prenait son téléphone personnel et composa le numéro.

Un long appel téléphonique. Un mail suivait. Il précisait le déroulement de l'événement tragique qui venait de toucher la vénérable institution.

Lefort accepta.

Dans le même temps, le corps de Philippe était transporté à l'institut médico-légal.

Dans la soirée, dans son bureau Lefort avait sous les yeux le rapport du médecin légiste qui avait examiné le corps dans le cadre d'une procédure d'urgence et avec la plus grande discrétion.

Il se souvenait de chaque mot prononcé, par le Commandant Jabert : *Rien ne doit filtrer et c'est la raison pour laquelle j'ai pensé à vous, nous ne pouvons pas nous permettre que le public apprenne qu'un crime eût été commis sur un représentant de la Nation. Les médias ont par conséquent annoncé que Philippe De La Mare était décédé d'une crise cardiaque.*

Le rapport du médecin légiste, écrit à la suite des analyses du laboratoire, rapport qu'il venait de recevoir, précisait de façon formelle la cause de la mort de Philippe De La Mare. Son décès était dû à l'absorption d'oléandrine. Elle ralentit fortement le rythme cardiaque et provoque un déséquilibre ionique au niveau cardiaque, ce qui mène à l'arrêt cardiaque.

Je n'aurais pas pensé que c'était un poison mortel, pensait-il.

Il poursuivit la lecture du rapport.

... Si, la feuille, pas la fleur, la feuille de laurier rose, réduite en poudre, est un poison qui agit avec retard et qui provoque un arrêt cardiaque, et c'est exactement ce qui est arrivé au député De La Mare. Au cours de son repas, il a certainement consommé ce poison et il en est mort deux heures plus tard environ. Je ne suis pas formel quant à l'heure exacte, mais je donnerai une fourchette de temps, la mort se serait produite entre quinze heures trente et seize heures quinze, selon l'analyse du bol alimentaire...

— Eh bien d'après la lecture du rapport du légiste ce serait bien un assassinat vois-tu !
— Bon, ça au moins c'est confirmé !

Lefort demandait dans la foulée à Marquet de reconstituer l'emploi du temps de Philippe. Il savait qu'il avait déjeuné le midi même *Chez Françoise*. Au service du soir, il se rendait au restaurant pour poser quelques questions à Françoise.

— Bonjour Madame, Marquet du 36 Quai des Orfèvres. Je viens vous poser des questions à propos de Monsieur De La Mare. Vous avez bien eu Monsieur le député ce midi à déjeuner ?
— Oui, pourquoi cette question ?

— Il est décédé et nous faisons une rapide enquête sur son emploi du temps et sur les circonstances du décès de l'élu.

— Oui, d'ailleurs c'est Nathalie qui l'a accueilli. Il était accompagné de Monsieur Maréchal. Et c'est un extra Pierre, attendez quelques instants.

Elle tourna les talons et se dirigea vers son bureau pour récupérer la fiche du serveur qu'elle tendit à Marquet.

— Voici sa fiche… Pierre Legrand… C'est bien ça.

Marquet prit la fiche entre ses doigts et grommela.

— Cette personne est le serveur ?
— Oui, pourquoi ?
— Comme ça…
— Il nous a été recommandé.
— Par qui ?
— Ange Calvi, le propriétaire du *Whisky club*.
— D'accord… Et ce Pierre Legrand qu'a-t-il fait ce midi ?
— Il s'est occupé justement de la table du député.
— OK…
— Et quel menu a pris Monsieur De La Mare ?
— Attendez c'était la 101… Je vais regarder dans ma caisse.
— OK.

Elle revint quelques minutes plus tard avec un duplicata de la facturette.

— Voilà, tout est noté sur le ticket…
— Merci… Aubergines rôties, ravioles de homard, fraises et glace…. Eh bien dites donc ça a l'air d'être bon…
— On essaie de satisfaire nos clients.
— Votre établissement est-il équipé de caméras de surveillance ?
— Oui, bien sûr.
— Je vais être obligé d'emmener les bandes vidéo.
— Oui je comprends, venez par ici… Mon chargé des communications va vous les remettre.
— Bien, merci Madame.

Immédiatement, le chargé de communication quittait son siège pivotant pour ouvrir un coffre mural où tournaient deux grandes bandes-vidéo autour de leur axe. Il interrompit le mécanisme et extrayait les deux bandes pour les tendre à Marquet.

— Tenez, vous pouvez les garder, j'en ai un jeu de rechange.
— Merci, fit Marquet en les glissant dans sa sacoche de cuir élimé... Bon ce sera tout, je n'exclus pas cependant de repasser vous voir.
— Ce sera avec plaisir, dit Françoise en souriant, veillez néanmoins à ne pas venir au moment du coup de feu...
— J'y veillerai comme vous dites.

Marquet salua Françoise, se glissa dans sa voiture et fonça au 36.

XIV

Le lendemain matin, Xavier quittait son bureau pour foncer chez la Grande Aline. Elle habitait un petit appartement meublé le plus simplement du monde orienté est-ouest avec un balcon directement sous les toits, rue *Laffite* au n° 24.

Xavier passait la marche arrière, reculait de quelques mètres, enclenchait la première, montait sur le trottoir pour éviter un homme et partit à toute allure. Sa conduite était plutôt sportive. Il tournait à gauche pour prendre la A14. Il suivait le boulevard *Circulaire*, le boulevard *Pierre Gaudin*, empruntait le *pont de Neuilly* et l'avenue *Charles de Gaulle*.

C'est là qu'il entrait dans Neuilly-sur-Seine, puis dans Paris par l'avenue du *Roule*. L'avenue de la *Porte des Ternes* s'ouvrait à lui. Au bout, il tournait légèrement à droite sur le boulevard de *Courcelles* et fonçait droit sur place de l'*Opéra* pour enfiler le boulevard des *Italiens* et enfin la rue *Laffite*.

Il était arrivé. Il se garait face à l'immeuble. Il traversa la rue et pénétra dans l'immeuble dont la porte était restée ouverte. Il avala les escaliers. Un peu essoufflé, il sonna à la porte d'Aline.

Il espérait qu'elle serait là. C'était son jour de repos. Aline apparut peu de temps après dans l'entrebâillement de sa porte, ébouriffée, les yeux encore pleins de sommeil. Elle était vêtue d'une nuisette bleu ciel ultracourte qui révélait par transparence les courbes gracieuses d'un corps tout en harmonie.

— Bonjour Aline.
— Bonjour Xavier, entre.

Il n'était jamais venu chez Aline. Il longeait le couloir étroit qui menait au salon, une pièce lumineuse et très joliment décorée. Aux fenêtres, les rideaux de fine mousseline empêchaient à peine le soleil d'entrer. Un petit canapé couleur canari disposé autour d'une table basse égayait le sol en chêne foncé. L'atmosphère y était chaleureuse.

— Cette pièce est d'un grand raffinement, dit-il, admiratif… Bon, je suis venu te dire que Philippe m'a chargé de te protéger et de récupérer le fameux cahier, qui m'a-t-il dit tu avais planqué dans une consigne à la gare Montparnasse.
— Oui, je l'ai mis dans une consigne en effet, comme Philippe me l'a demandé.

Elle tourna les talons et se dirigea d'un pas lent vers la salle de bains dont la porte resta ouverte. Elle se débarrassait rapidement de sa nuisette et se glissait avec délices sous le jet brûlant qui perlait son corps.

Xavier la regardait du coin de l'œil et la trouvait très belle. Ils avaient du vécu ensemble. Sa nudité lui rappelait quelques souvenirs érotiques. Elle fit mousser le savon entre ses mains. Elle se savonnait avec de petits cris qui résonnaient entre les murs carrelés. La buée envahissait les parois de la douche.

Sa peau était enveloppée du savon dont les effluves pénétraient les narines de Xavier. Elle se rinçait et d'une main tira à elle un drap de bain qui caressait sa peau douce. Elle sortait de la douche en laissant une traînée d'eau derrière elle.

Xavier était dans tous ses états. Il s'approchait de la chambre. Il interpella Aline et s'avança vers elle. Elle laissa tomber le drap de bains qui l'enveloppait. Il la serra dans ses bras et l'embrassa goulument.

Il la caressa comme s'il mémorisait chaque parcelle de sa peau, et le contact de ses doigts faisait naître des milliers d'étincelles en elle, des étincelles qui ne demandaient qu'à s'enflammer.

Il prit sa bouche et elle se colla contre lui avec fougue. Elle sentit qu'il essayait de la retenir, et elle mordilla ses lèvres, avant de les caresser de sa langue.

Il l'embrassa de nouveau avec une ardeur non dissimulée. Elle se serra plus fort contre lui, et sentit la force de son membre. Elle l'entoura de sa jambe et se cambra contre lui, brûlante de désir.

Il s'attardait sur ses pointes de seins roses qui durcissaient à vue d'œil. Peu à peu, alors que la surface de sa bouche et plus exactement de ses lèvres, devenaient lumineuses, que ses seins gonflaient et que ses jambes s'étiraient, elle devenait sensible au moindre contact surtout quand il caressait ses fesses en remontant vers ses hanches.

Quand il caressait ses fesses nues, elle sentait le désir la submerger de nouveau. C'était comme une vague qui l'envahissait, qui remontait le long de ses jambes, à partir de ses genoux, résonnant à la surface de ses cuisses, de plus en plus haut, la secouant de frissons.

Il caressait de sa paume, le ventre ferme et plat, juste au-dessus du pubis. Ses doigts couraient le long des plis de l'aine. Se mordant les lèvres pour retenir la singularité qui s'élevait de sa gorge, les reins arqués, elle palpitait de désirs. Il s'enfonçait dans son corps. Elle secouait la tête à gauche et à droite, elle laissait échapper une série de gémissements étouffés. Ses yeux s'ouvrirent et cherchèrent le visage de Xavier. Ses yeux brillaient.

Ils restèrent un long moment enlacés les yeux fermés.

Ils se rhabillèrent et prirent la direction de la gare *Montparnasse*.

Xavier prit la rue *Rossini* avant d'emprunter la rue *Le Peletier* pour rejoindre le boulevard des *Italiens*. Les rues défilaient. Il atteignait la place de la *Bourse* et roulait jusqu'à la rue du *Louvre* et aboutir sur le pont *Neuf*. Il tourna sur le Quai de *Conti* et tira droit sur le boulevard de *Vaugirard*. Il atteignait la gare.

Avant de descendre de la voiture Xavier jeta un coup d'œil dans le rétroviseur. Il remarqua immédiatement une voiture suspecte avec deux gars à l'intérieur. L'un d'eux était Pierre.

— Nous avons été suivis.

Xavier descendait le premier de la voiture, glissait deux pièces de monnaie dans le parcmètre et ils s'enfilèrent dans la gare. Aline marchait à ses côtés.

— Séparons-nous. Je prends la direction des voies et toi prends celle des consignes.

Pierre et son acolyte pénétraient dans la gare. Ils suivaient de loin Xavier. Ils perdaient sa trace. Il s'était volatilisé au milieu des voyageurs. Les poursuivants se séparaient. Pierre prenait l'Escalator pendant que l'autre empruntait les escaliers.

Xavier s'était planqué derrière un poteau et suivait du coin de l'œil la manœuvre des deux suiveurs.

Il s'engageait à son tour dans l'Escalator. Il avait en point de mire Pierre. Xavier l'entrainait vers les voies 22, 23.

Pendant ce temps, Aline avait rejoint les consignes et sortait le cartable de cuir noir de sa cachette qu'elle dissimula dans un sac en plastique. Elle remontait en direction des voies.

Au passage, Xavier acheta les journaux qui annonçaient la mort de Philippe en manchettes de trois à huit colonnes – trois pour *Le Figaro*, huit pour *Libération*, cinq pour le *Parisien*, deux pour *Le Monde*. Tous la rapprochaient du suicide de son épouse. *Libération* et *Le Parisien* en avaient fait leur éditorial, assez semblable.

Même avec l'émotion, il regardait Aline plantée face à lui. Elle le consultait du regard. Mais il l'ignora.

Xavier redescendait les escaliers suivis des deux hommes. Il sortait de la gare et se dirigea vers le bar tabac *L'arrivée*. Aline le suivait de loin.

C'est à ce moment qu'il rentra dans la boutique. Aline prenait la même direction.

Pierre suivait Xavier.

Xavier demanda un paquet de *Gitanes* au buraliste. Au moment où il lui rendait la monnaie, Pierre entrait suivi d'Aline. Xavier tourna les talons pour prendre la sortie et croisa Pierre et Aline.

— Surtout ne bouge pas d'ici, lança-t-il tout en refermant la porte derrière lui.

Elle s'avança vers la banque.

— Un paquet de *Camel*, s'il vous plait.
— Voilà Madame, ça vous fera dix euros
— Voilà, au revoir.

Elle s'approcha du bar et commanda un café noir.

Dehors, Xavier sortit son smartphone de sa poche et composa le numéro du bar tabac indiqué sur l'avant du store banne.

— Allo, le café de l'*Arrivée*, j'avais rendez-vous là dans votre café avec une personne qui doit se trouver au bar… Euh, Mademoiselle Grevêche.
— Je regarde ça Monsieur… Mademoiselle Grevêche… communication pour vous !… Cabine une au sous-sol.

Pierre rejoignait son comparse.

Aline descendit immédiatement les marches de l'escalier, s'engouffra dans la cabine et décrocha le combiné.

— Aline ?
— Oui.
— Nous sommes suivis par deux hommes.
— C'est affreux… Que dois-je faire ?
— L'un des types nous surveillent… Je ne peux pas t'approcher, ni aller chez moi, ni à Saint-Léger-en-Yvelines, ni chez toi… Alors où ?
— Chez une de mes amies, à Neuilly, 14 rue *Saint James*.
— Vas-y ! Quel est le téléphone ?
— 01 720 720 20…
— OK… Si j'appelle je demande qui ?
— Valérie Agostini.
— Une fois là-bas, tu ne bouges pas… Attends une seconde… Quitte tout de suite la cabine et fous le camp ! File aux toilettes !

Pierre prit de remords se rua dans le tabac et descendit au sous-sol.

Aline avait eu le temps de se réfugier dans les toilettes. Elle se planta devant le lavabo et s'aspergea le visage d'eau fraiche. Elle entrebâilla la porte et aperçut Barani qui s'engouffrait dans la pièce voisine. Elle profita de cet instant pour sortir. Pierre tourna les talons et poussa la porte des toilettes réservée aux femmes.

— Madame désire, s'esclaffa une femme qui se remaquillait.

Pierre sortit fou de rage, sauta dans la voiture et se mit au volant. Rejoins par son acolyte ils retournaient au *Whisky club*. Ils avaient perdu la trace d'Aline et Xavier.

Aline s'engouffrait dans la bouche de métro et Xavier roulait en direction de la *Défense*.

Quelques minutes plus tard, Xavier arriva devant la tour qui accueillait son bureau. Il prit l'ascenseur qui l'amena au dernier étage. Il longea le long couloir et pénétra dans le bureau. Xavier trouva plusieurs messages transmis par le standard. Il avait été beaucoup demandé.

À travers la vitre, il apercevait Lefort et Marquet assis dans la salle d'attente. Xavier frappa contre la vitre et leur fit signe d'entrer. Il serra la main des deux policiers.

— Monsieur Maréchal ? interrogea Lefort.
— Oui, pourquoi ?
— Commissaire Lefort et l'inspecteur Marquet du 36.
— La police ici pourquoi faire ?
— Vous avez bien déjeuné avec Monsieur De La Mare *chez Françoise*, hier à midi ?
— Oui, bien sûr ! Nous avons même très bien mangé. Je vous recommande ce restaurant.
— Monsieur Maréchal, nous ne sommes pas là pour parler du menu, nous le connaissons déjà mais plutôt pour vous apprendre le décès de votre ami.
— Oui, j'ai lu les titres dans la presse.
— Oui, il est mort à l'Assemblée, hier après la fin des débats… Vraisemblablement assassiné. Nous aurons certainement l'occasion de nous revoir Monsieur Maréchal. C'est tout pour aujourd'hui. Au revoir Monsieur.

Philippe salua les deux hommes et se laissa tomber dans le fauteuil en cuir. Il resta à réfléchir quelques instants, se releva, versa du *Whisky* dans un verre et claqua la porte de son bureau.

XV

Tard dans la soirée, Xavier fonça à Neuilly, 14 rue *Saint James*. La nuit était déjà tombée et les lumières commençaient à monter dans l'obscurité encore légère.

Il frappa à la porte. Pas de réponse. Il insista. La porte s'entrebâilla légèrement.

— Vous désirez ?
— Valérie Agostini ?
— Oui.
— Xavier Marechal… Je suis l'ami d'Aline.

Valérie ouvrit la porte.

— Merci, ajouta-t-il.
— Je suis Valérie Agostini, en lui serrant la main… C'est abominable cette histoire. C'est atroce cette poursuite.

Aline descendait en même temps de l'étage par les escaliers.

— Mon ami Valérie, lança-t-elle.

— Les présentations ont déjà été faites, répondit Valérie... Ça va mieux ?...

— Mhmm.

— Elle est arrivée dans un état la pauvre.

— J'ai couru du café jusqu'ici. J'avais peur... J'avais peur de tout le monde même des flics.

— Aie peur de tout le monde Aline, surtout des flics ! répliqua Xavier. Ils te recherchent. Ils ont distribué ta photo aux journaux m'a-t-on dit. Demain, ton portrait sera imprimé à des milliers d'exemplaires... Tu as le dossier ?

— Oui.

Elle tourna les talons et attrapa un sac en plastique.

— Si vous avez faim, il y a du poulet dans le fridge, lança Valérie.

— Tu penses finir tard ? demanda Aline.

— Je ne sais pas. Mais si je termine tard, je dormirai chez un ami. Bonsoir.

Valérie claqua la porte en sortant.

Aline sortit du sac le fameux cahier et le tendit à Xavier.

— Il faut que je te dise que Philippe est mort. Il aurait été assassiné. La police est venue me voir au bureau. Ils m'ont posé quelques questions.

— Pourquoi a-t-on tué Philippe ? dit-elle en laissant échapper quelques larmes.

— À cause de ça !

— Qu'est-ce-que c'est ? dit-elle d'une voix tremblante.

— Une liste de noms... Des noms qui ont souvent été à la une des journaux... Le *Who's Who* de la corruption... Une anthologie de la pourriture.

— Que vas-tu en faire ?

— M'en servir mais je ne sais pas encore comment. Il faut que je fasse des copies, mais je ne peux pas laisser ce dossier au premier photographe du coin.

— Bon, je connais un photographe qui pourrait nous aider.

— Bien. C'est où ? Viens, on y va.

Xavier glissa le cahier dans le sac en plastique qu'il confia à Aline. Elle ferma la porte à double tour. Ils filèrent jusqu'à la voiture, et s'y engouffrèrent.

— Alors on va où ?

— *Charme studio*, Chez le photographe de Valérie… Valérie est l'un de ses modèles. C'est pour ça qu'elle travaille ce soir. Il avait un shooting à faire avec elle.

— OK. Et tu crois qu'il va nous laisser faire les tirages ?

— Oui, j'ai déjà travaillé pour lui pour des photos de nu artistique et lingerie.

— Bon, et il est où ton photographe ?

— 20 avenue *René* Coty dans le XIVe.

— Allons-y !

Xavier gara la voiture devant un immeuble cossu. Aucune plaque indiquait le photographe.

Ils pénétrèrent dans l'allée et avalèrent les escaliers jusqu'au 2e étage. Aline sonna. La porte s'entrebâilla.

— C'est pourquoi demanda un jeune homme.

— Nous venons voir Rodolphe… Dis-lui qu'Aline est là.

— OK… Entrez, je vais l'informer… Il est en plein shooting.

À quelques mètres, Rodolphe était en pleine action avec Valérie.

— Oui bravo, bravo Valérie… Commence à tourner… Plus vite… un peu plus souriante… Très bien Valérie. Tu es très belle. Tu peux m'en faire une un peu plus vite maintenant et toujours avec un grand sourire. Vas-y ! Oui, bien, bravo ! Parfait !... Christophe, un dernier rouleau même objectif.

Le jeune homme lui glissa à l'oreille la venue d'Aline. Il se retourna et s'avança vers elle.

— Ça va ?

— Oui. Un peu compliqué en ce moment. Je te présente Xavier, un ami...

— Enchanté Xavier, en lui serrant la main.

— J'ai besoin d'un service Rodolphe.

— Dis toujours.

— Il faut que je prenne des photos d'un dossier et que j'en fasse des tirages.

— OK. Au fond du couloir, la pièce est libre et la chambre noire aussi... T'as un appareil ?

— Non.

— OK. Tiens celui-ci, il devrait faire l'affaire !

— Merci.

Aline et Xavier marchèrent jusqu'au bout du couloir et pénétrèrent dans une petite pièce très peu aménagée.

— Aline, comment fait-on maintenant ?

— Tu prends une feuille de ton cahier, tu la fixes sur le chevalet et je shoot.

— OK. Compris.

Premier essai. Pas concluant. Aline retourne voir Rodolphe.

— Ça va ? lui demanda-t-il.

— Non, j'ai pas la mise au point.

— Ah... Christophe le 135 s'il te plaît... Merci.

— Oui Rodolphe, en lui tendant l'objectif.

— Voilà. Ça devrait être mieux comme ça.

— OK. Merci.

Aline rejoignit Xavier.

— Ça commence joliment... Lagardère, l'illustre préfet soupçonné d'avoir délivré des agréments à des sociétés de sécurité en échange de cadeaux en nature. Sa femme, son fils, son gendre tout le monde s'est goinfré. Sinon, c'est toujours la même chose, un nom, une date et une somme d'argent.

Ils passèrent une heure et demie à photographier et à tirer sur papier les pièces qu'il avait choisies. Il y en avait plus de cent.

— C'est la dernière… On a fini.
— OK. Je vais les développer.

Les tirages terminés, Xavier déposa Aline au domicile de Valérie.

Devant la grille, Xavier suivait Aline des yeux. Elle poussa la grille qui se referma derrière elle. Elle pénétra dans la cour intérieure. Elle vit qu'un carreau de la porte d'entrée était cassé. Elle hurla. Xavier descendit de la voiture et accourut.

Il prit Aline par la main et firent demi-tour pour s'engouffrer dans la voiture. La pédale à fond, il démarra sur les chapeaux de roue.

— Attache ta ceinture… On est suivis.

Il accélérait mais pas assez. La voiture suiveuse le doubla et le percuta par la gauche. Xavier donna un grand coup de volant et monta sur le trottoir tandis que l'autre pilote partait à gauche. Les deux voitures prirent le virage suivant à vive allure. Percuté une seconde fois, Xavier fit un tête-à-queue. Il réussissait à prendre de l'avance et roulait désormais sur le périphérique à contre sens. Il donna un coup de volant pour se remettre dans le bon sens de circulation. La voiture suiveuse fut semée.

— C'est bon, c'est fini. Calme-toi, je vais te mettre à l'abri. Mais d'abord, il faut planquer le cahier dans une nouvelle consigne.

Xavier prit la direction de la *Défense* et de la gare *RER*.

C'est ici qu'il déposa le cahier dans une consigne.

XVI

Fallait planquer Aline. Xavier avait une idée. Il roulait en direction de la maison d'un de ses amis, Henri. Xavier tourna dans l'avenue *Montaigne*, gagna l'*Alma*, s'engagea sur les quais en direction d'*Auteuil*.

Henri était un artiste-peintre. Il habitait 38 rue *Boileau* dans le XVIe arrondissement, appelé communément le hameau *Boileau* ; une charmante maison datée 1900 avec un magnifique salon atelier d'artiste de plus de sept mètres de hauteur donnant sur un jardin. À l'étage, un bureau mezzanine donnait sur le salon ainsi qu'une belle chambre avec salle de bains et dressing. Au deuxième étage, le coin des amis avec deux chambres et une salle de bains. L'entresol était aménagé avec une salle de cinéma, des rangements, une cave, une buanderie et une chambre avec un accès sur le jardin comprenant deux emplacements de parking. Son entrée était fermée par une grille.

Xavier sonna pour s'annoncer. Après l'appel le portail s'ouvrit et Xavier rangea sa voiture sur une des deux places libres. Henri l'attendait sur le seuil de la porte.

— Tiens donc, Xavier. Ça faisait un bail ! Entre !... Tu me présentes madame.

— Aline… Une amie qui a besoin d'être cachée. C'est la secrétaire de Philippe De La Mare, le député qui a été assassiné.

— Assassiné ?

— Oui, je t'expliquerai.

— Bien sûr, il n'y a pas de problème…. Entrez donc ! Ça va aller maintenant madame… Montez, les chambres d'amis sont à l'étage.

La volée d'escaliers avalée, Henri s'esclaffa.

— Eh ben voilà, ma petite dame vous voilà en sécurité, dans cinq minutes vous allez dormir. Vous allez voir ça… Voulez-vous un pyjama ?

— Non, je dors toujours nue.

— Alors bonne nuit.

— Merci.

Henri et Xavier sortirent de la chambre en laissant la porte entrouverte. Seule une petite lampe de chevet éclairait la pièce d'une lumière douce.

Elle quitta le seul vêtement qui la recouvrait, sa robe et se retrouva nue.

Elle avait oublié à partir de quelle date et pour quelle raison elle avait cessé de porter des sous-vêtements. Mais elle se sentait bien que comme ça sans culotte ni soutien-gorge.

Elle s'allongea dans le creux du lit et attendait le retour de Xavier. Elle avait sommeil mais pas au point de s'endormir seule. Au bout d'un quart d'heure Xavier remontait les escaliers et entrait dans la chambre laissée éclairée.

Il se déshabilla et s'allongea à son tour sur le lit. Il enfouissait son visage dans ses cheveux et inspira profondément avant de s'en saisir pour tirer sa tête en arrière. Il caressa ses fesses nues. Il fit pivoter sa tête sur le côté pour pouvoir l'embrasser et elle soupira dans sa bouche en murmurant son prénom doucement tandis qu'il frottait son sexe tendu contre ses fesses. Il se pencha soudainement et dévora sa bouche. Il fit passer les jambes d'Aline sur ses épaules et souleva ses fesses. Il agrippa ses cuisses, pour la maintenir en place tandis qu'il la dévorait, et il lui imposa son propre rythme. Son baiser était long et brutal et il ne bougeait pas. Maintenant il était en elle. Il l'amenait au bord de l'orgasme. Elle voulait qu'il bouge plus. Elle avait besoin qu'il s'agite. Elle gémit quand il se mit à aller et venir. Elle commença à trembler pendant qu'il allait et venait plus fort, plus vite, plus profondément. Ses halètements se calmèrent. Il l'embrassa tendrement avant de se diriger ensemble vers sa salle de bain où la lumière bleutée était assez claire sans être violente. Un miroir au-dessus de la baignoire prenait tout le mur et l'image profonde et fondue qu'il reflétait adoucissait encore plus l'atmosphère.

Ils se remirent au lit. Elle trouvait agréable de s'endormir lovée contre lui, les fesses sur son ventre.

XVII

Le lendemain, sept heures sonnait, Xavier partait en laissant Aline chez Henri. Il filait au bureau qui était encore vide à cette heure-ci.

Alors qu'il s'affairait à lire son courrier et à écouter ses messages, le timbre de la sonnette retentit. Il se leva du fauteuil et s'approcha de la porte.

— Qu'est-ce que c'est ? Les bureaux sont fermés !
— Monsieur Maréchal ?
— Oui.
— Je viens de la part de Monsieur Calvi, il souhaiterait vous parler.
— On lui a coupé le téléphone, tout en entrebâillant la porte.

Il reconnut les deux hommes qui les avaient suivis à la gare *Montparnasse* .

— Monsieur Calvi estime qu'il y a un peu beaucoup d'oreilles qui trainent sur les lignes en ce moment.
— Une seconde, j'arrive.
— On peut entrer Monsieur Marechal ?
— Non.

Xavier enfila une veste, ouvrit la porte, sortit et la referma au nez des deux hommes. Maintenant, ils l'encadraient et l'escortèrent jusqu'à la voiture stationnée devant l'immeuble. Direction le *Whisky club*.

Comme à son habitude Calvi était assis sur un tabouret haut devant le comptoir. Il l'attendait.

— Bonjour Monsieur Marechal… Suivez-moi on monte à l'étage, dans mon bureau.
— OK… Je vous suis.

Le bureau était chargé d'œuvre d'art. Toutes authentiques. Une fortune !

— Asseyez-vous dans le fauteuil Monsieur Marechal. Vous voyez Monsieur Marechal toutes ces œuvres achetées aux enchères… Vous voyez cette statue, un bouddha du XVIIe. Authentique. Vous savez combien il m'a couté ?
— Non.
— Quarante millions… Et là dans la vitrine trente millions… Toute une collection, toute ma vie.
— Vous pouvez bien me dire tout ce que vous voulez, je n'y connais rien.
— Moi non plus !... D'abord, je suis bien conseillé… Vous connaissez Baumann, l'expert en art.
— Non.
— Jamais je n'aurai pensé en arriver là. Quand on sait d'où je suis parti. On était onze à la maison. J'ai commencé à travailler à quinze ans, chez un boulanger, vous vous rendez compte. À vingt ans, je rentrai dans une banque, le *Crédit Lyonnais* avec des références bancaires. Pour en arriver là où j'en suis, il a fallu que j'en arrange des coups. Que j'en fasse déménager des mecs.
— Qui par exemple ?
— Teu, teu, teu…
— Excusez-moi, mais je comprends mieux avec des exemples.
— Non, non… Je voudrais bien savoir ce que vous fricotez avec la maîtresse de Philippe de La Mare. Elle défraie la chronique la demoiselle, en lui tendant la une de *France Soir*. Les poulets

commencent à s'énerver. Où la cachez-vous ? C'est bien elle qui a le fameux dossier ?

— Vous posez les mêmes questions que le commissaire Lefort avec un poil de retard.

— Lui, on l'emmerde !

— C'est à moi que vous devez la vérité !

— Pourquoi ?

— Parce que je peux vous faire beaucoup plus de mal que lui.

— Probablement.

— J'ai l'impression Monsieur Marechal, que depuis quelques jours vous travaillez à votre compte. Vous avez tort ! Repérez bien vos limites, n'en sortez pas, c'est comme ça qu'on dure !

— Merci du conseil.

— Je frise la cinquantaine Monsieur Marechal, je suis riche et pourtant je dépends d'hommes qui peuvent me faire du mal. M'éjecter sans sommations. Ces gens-là m'ont chargé de récupérer le dossier par tous les moyens. Je les emploierais tous. Si je peux éviter la casse et si vous savez où sont les papiers ou du moins si vous savez qui les a, il nous faut ce dossier !

— Nous ? en se levant du fauteuil. Vous venez de m'apprendre des choses intéressantes. Vous êtes un sous fifre Calvi. Un brillant second mais un second quand même… Je n'ai pas les papiers.

— Vous allez avoir des histoires, Monsieur Marechal.

— Non, pas encore… Pas tout de suite… D'abord, il faut que montiez aux ordres Monsieur Calvi.

Xavier claqua la porte derrière lui. Calvi n'eut pas eu le temps de répondre.

XVIII

Xavier retourna au bureau en taxi. Déposé au pied de la tour, il prit l'ascenseur qui le montait au 32e étage.

Lecornu lui emboitait le pas. Il se présenta à l'hôtesse d'accueil qui le salua.

— Bonjour Maître.
— Bonjour Mademoiselle, je veux voir Monsieur Marechal.
— Monsieur Marechal est déjà en rendez-vous.
— Ça ne fait rien, j'attendrai.
— Attendez, je vais quand même voir.

Elle saisit le combiné du téléphone.

— Monsieur Marechal, Maître Lecornu est là.
— Faites-le entrer dans le bureau de Philippe.

Quelques minutes plus tard, Xavier pénétra dans le bureau de Philippe où Lecornu contemplait la vue à travers la baie vitrée.

— Cher Maître.
— Ah, bonjour Xavier. Comment vas-tu ?

105

— Très bien, tout va bien… Ah, le contrat avec les Hollandais est rentré je t'enverrai une copie… On n'avait rien d'autre à voir ensemble ?

— Non.

Xavier tapa l'épaule de Nicolas d'une manière amicale et tourna les talons.

— Ah mais si, que suis-je bête ! J'allais oublier. Tu ne le sais peut-être pas mais je m'occupe d'un groupe.

— D'une chorale ?

— Non.

— D'une société de gymnastique ?

— Non.

— En réalité une espèce de franc-maçonnerie dont les membres ont prêté serment de s'entraider quoi qu'il advienne, enfin tu comprends.

— Non pas du tout.

— Tu ne m'aides pas beaucoup !... Écoute.

— Je t'écoute, c'est déjà bien.

— Tu penses comme moi qu'il faudra bien qu'un jour dans ce pays que ça craque.

— Si nous parlons du même pays, je pense que ça craque depuis les derniers Valois.

— Enfin, une vision claire… Quand ça arrivera, à nous de prévoir l'opération survie. Fonds en Suisse. Boîte aux lettres en France. Des refuges. Dépôts d'armes. Nous n'en sommes pas encore là. On organise. On prévoit.

— On collecte les fonds.

— Oui, d'un ton appuyé.

— Et c'est toi le trésorier.

— Eh ben, oui c'est moi le trésorier. Comment donc !...

— C'est bon j'en ai assez entendu pour aujourd'hui… Moi j'ai du travail… Au revoir cher Maître. À bientôt.

Il claqua la porte derrière lui laissant Nicolas, seul dans le bureau.

XIX

Le soir même, au volant de sa voiture, Xavier lâcha un soupir. La journée avait été chaude. Son bras pendait à l'extérieur du véhicule, et il pouvait en sentir la chaleur sur son avant-bras sur lequel il avait roulé sa manche de chemise. Il fronçait les sourcils d'un air préoccupé. Il lança sa cigarette dans la rue, braqua le volant et enfonça l'accélérateur pour s'immerger dans le flot de voitures qui s'amenaient en sens inverse.

Il parvint à une énorme enseigne dont le néon s'illuminait en bleu et rouge qui donnait son nom au club : le *Whisky club*.

Xavier se gara sous l'enseigne et quitta la rue douchée par la lumière des lampadaires pour le hall d'entrée sombre. Une ouverture dans le mur à sa gauche donnait sur le vestiaire. Il y avait quelques vestons et des parapluies. La fille qui s'occupait du vestiaire avait démissionné la semaine précédente et, depuis son départ, les serveuses et les cigarette girls gardaient un œil dessus.

Il franchit la porte en arche, bordée par d'épais rideaux, et descendit les escaliers éclairés par une rampe lumineuse multicolore et s'avança vers la salle. Les spots éclairaient une grande toile tendue derrière la scène. Des petites lumières en forme de bougies se dressaient ici et là dans la salle.

Jade, une fille très distinguée accueillait les clients avec un petit mot pour chacun.

— Bonsoir Monsieur Marechal, je me demandais si vous alliez venir après tous les malheurs qui se sont abattus sur les De La Mare.

— Bonsoir Jade, répondit Xavier… Du beau monde ce soir ?

— Comme d'habitude, des politiciens, des chefs d'entreprise, la noblesse est bien représentée aussi, et des putes… La société française, quoi. Heureusement il y a des amis comme vous sinon on s'ennuierait.

— Comme vous dites !

— Vous savez pour Philippe et sa femme ça m'a fait de la peine.

— T'es gentille !

— Bonne soirée, Monsieur Xavier.

— Merci Jade.

À l'intérieur, les coins cosy étaient bien occupés. La musique battait son plein sur laquelle se déhanchaient des couples.

Xavier s'approcha du comptoir derrière lequel le barman rangeait des bouteilles. Il était prêt pour la nuit. Il avait clipper de travers son nœud papillon, fixé au col de sa chemise.

— Un *Whisky* sans glace, s'il vous plaît

— Bien Monsieur, tout de suite.

Accoudé au bar, il en avalait une gorgée et sourit, tandis que la chaleur réconfortante de l'alcool se répandait dans son estomac.

En face, dans un espace restreint, des filles vêtues ou en petites tenues parlaient toutes en même temps et criaillaient. Brune, blonde ou rousse, il y en avait pour tous les goûts, et Xavier apercevait du coin de l'œil des jambes minces comme des allumettes ou bien galbées, des petits seins relevés dans un soutien-gorge ou des gros qui débordaient d'un bustier et des fesses rebondies ou en gouttes d'huile saillies dans un string. Le paradis !

Sur la scène, des filles topless, les pointes dardées, se trémoussaient sur le podium du pôle danse au son de la musique.

Une jeune Anglaise, Jenny, se redressait ; se tourna vers l'arrière de la salle ; et apparut entre les draperies. Elle vint au bord du comptoir, où elle resta debout, s'étirant pour paraître plus grande, les jambes en V, laissant découvrir la moulure du sexe : un sexe fort, exercé, dont la pureté de visage et la grâce des lignes de la jeune fille aggravaient l'impudeur. Ses seins étaient durs et bombés, sa taille minuscule, ses hanches fines et ses cuisses longues et minces. Peu de mains d'hommes en avaient suivi les contours. Elle aimait son corps et en connaissait les pouvoirs.

Elle se colla à côté de Xavier. Une de ses mains vint, sans hésitation, entre les jambes disjointes, écarter le nylon et chercher, très bas, un point qu'elle sembla trouver et sur lequel elle se fixa pour un instant. Puis elle remonta, découvrant après son passage l'entaille entre les chairs bordées. Elle joua sur le renflement qui tendait l'étoffe, puis redescendit, se glissa sous les fesses et recommença son périple. Elle continua son jeu quelques instants.

— Caresse-moi ! encouragea-t-elle.
— Ce n'est pas le moment ! répondit Xavier en haussant le ton.

Jenny secoua sa crinière noire et s'éloigna. C'était la première fois qu'un homme refusait ses avances.

Xavier se sentait de mauvaise humeur, et désormais il n'avait pas le cœur à batifoler. Il croisait les mains.

Soudain Lecornu l'apercevait au comptoir. Il s'approcha de lui.

— Cher Xavier quelle joie de te voir ici, on s'inquiétait.
— Bonsoir.
— Je vais tout de suite prévenir que tu es là.

Xavier continuait de vider son verre.

À peine deux minutes plus tard, Nicolas revint.

— Le président t'attend.
— Je te suis.

Dans un petit salon éloigné des pistes de danses, le président Langlois était affalé dans une banquette de velours rouge.

— Xavier, je te présente le président Langlois.
— Bonsoir Monsieur Marechal. Asseyez-vous, je vous en prie.
— Bonsoir.
— Je suis extrêmement heureux de vous connaître. Heureux et en même temps attristé, vous avez perdu en la personne de Philippe De La Mare, un grand ami crois-je savoir, et nous un irremplaçable compagnon. Vous serez certainement d'accord avec moi, Monsieur Marechal, sur le principe de préserver sa mémoire et celle de sa femme, morte elle aussi.
— Sur le principe certainement Monsieur le président, mais sur les moyens…
— Et ben je n'en vois qu'un… Comme je l'ai déjà dit à Lecornu, détruire ces gribouillis infâmes.
— Seulement détruire ?... En êtes-vous sûr, Monsieur le président ?
— Non, vous avez raison, il convient de détruire certains documents diffamatoires concernant votre ami De La Mare. Mais aussi de faire trembler les autres !...
— Permettez président, interjeta Nicolas, à la seule idée du pacte que vous êtes en train de sceller, Monsieur Marechal en tremble déjà.
— Tremblement pour le moins prématuré, répliqua Xavier… Néanmoins, je partage les idées généreuses du président Langlois concernant la mémoire de Philippe et de sa femme et l'épuration d'une certaine clique. Cependant je ne vois pas très bien le rôle que j'ai à jouer dans cette croisade.
— Un rôle bien modeste Monsieur Marechal. Car je ne vous demande pas grand-chose, je ne vous demande pas le dossier entier de Philippe. Je voudrai simplement savoir si parmi les papiers égarés il n'est pas question de ma personne, car si tel était le cas je vous demanderai que les deux trois feuillets me concernant, mon prince...
— Si je les avais ce serait de grand cœur mon brave…
— Allons Xavier, maitrise ton langage ! grommela Nicolas.

— Cette société que vous administrez et dont notre ami Lecornu est l'avocat conseiller ne demande qu'à se développer. Par exemple vers le Luxembourg. Ou vers l'Allemagne. Ce que nos parents appelait une vache à lait s'appelle aujourd'hui l'Europe. Sans avoir vos atouts de départ ni votre intelligence, sachez que je suis en train de faire fortune alors jusqu'où peut aller un homme de votre valeur ?

— Combien tu vaux Xav ? murmura Xavier.

— Pardon ?

— Rien excusez-moi.

— Excusez-moi, je suis attendu par ailleurs. Je vous laisse réfléchir Monsieur Marechal… Mais réfléchissez vite !

Langlois se leva et disparut dans la salle.

— Il y a quelque chose que Langlois ne t'a pas dite, lança Nicolas en se rapprochant de Xavier… Ses papiers bien sûr ! Mais nous ne voulons pas que ce cahier retourne à son propriétaire.

— Je te rappelle que Philippe est mort !

— Il est remplacé… Les gens passent, la fonction reste… Écoute, Xavier, je ne voudrais pas que tu passes sous un autobus. Je veux bien t'aider à gagner du temps. Je peux dire que pendant 24 heures, nous parlementons. J'attendrai ta réponse après… Je n'aimerai pas être ton assureur. Jusqu'à présent le président a fait preuve à ton égard de bienveillance.

— J'aurais aimé qu'il sache que son dévouement aux biens publics m'a ému… Dis-le lui.

Xavier se leva et quitta le club.

XX

Aline se réveillait, jetait d'un coup de pied le drap qui la recouvrait et se levait d'un seul bond. Elle se précipita sous la douche. Quelques minutes plus tard, elle en ressortait et enfilait la même robe que la veille.

Elle descendit les marches d'escaliers qui la séparait de la cuisine. Henri avait laissé sur la table un bol en porcelaine blanche, un sucrier rempli de morceau de sucre roux, une cafetière de café noir bien tassé, des viennoiseries et du pain frais du jour, une motte de beurre, et un pot de confiture d'abricot. Elle grignotait un peu et but une tasse de café.

Elle traversa la maison et le jardin pour atteindre l'atelier. Elle pensait bien y trouver Henri. Elle souleva le loquet et poussa la porte en bois bleu azur qu'elle referma derrière elle. L'atelier était profond, large et haut. Le toit s'érigeait à plus de sept mètres.

Elle fit quelques pas et un bureau en forme de L lui faisait face. Le bureau, un bien grand mot ; il était constitué de planches et de tréteaux et enfermait un tabouret haut avec une assise carrée en paille en couleur noyer. Il y avait çà et là des tableaux accrochés aux murs.

Henri s'affairait à chercher palette et pinceaux d'un placard.

113

Une table basse était recouverte de tubes de peinture, de bouteilles d'huile et d'essence, à côté un escabeau était renversé ce qui ne laissait qu'un étroit chemin pour arriver sous l'auréole que projetait la haute verrière dont les rayons tombaient à plein sur la pâle figure d'Henri.

Aline s'avança.

— Bonjour Henri.
— Bonjour Aline. Avez-vous bien dormi ?
— Très bien. J'ai apprécié votre tisane d'hier soir et le petit déjeuner. Merci beaucoup.
— De rien, j'espère que vous avez tout aimé.
— C'était parfait.
— Bien… Vous m'avez trouvé ?
— Oui, j'ai pensé que vous seriez là, alors je me suis permise de venir… Vous faites quoi ici ?
— Je peins. J'avais commencé cette toile là-bas sur le chevalet de gauche… Un nu. Mais pas facile de le terminer sans modèle.
— Vous n'en avez pas trouvé ?
— Ben, pas pour le moment. Ils veulent se faire payer trop cher et je n'ai pas les moyens en ce moment. Alors, j'ai laissé tomber.
— Dommage, non ?
— Oui, mais c'est comme ça. Le métier d'artiste est plein de contraintes et de contretemps parfois. On essaie d'y remédier comme on peut.
— Je n'ai jamais fait ça. Ça me plairait d'essayer.
— Ah oui ?
— La nudité ne vous gêne pas ?
— Pas plus que ça… Vous voulez essayer ?
— Pourquoi pas.
— Je ne sais pas si Xavier serait d'accord.
— Je suis libre, vous savez !
— Oui.
— Où m'installé-je ?

Il leva un bras.

— Là-bas sur le tabouret.

Aline s'exécuta.

— Asseyez-vous face à moi. Regardez-moi, ordonna-t-il, en lui relevant le menton d'un doigt ferme… Redressez-vous, s'il vous plaît… les bras pendant le long du corps… Voilà… Ne bougez plus.

Il plongea les yeux dans ceux de son modèle. Pour lui la pose était bonne. Il plaça une toile, pas très grande, sur le chevalet bas qu'il avait rapproché.

Il retroussa ses manches avec un mouvement de brusquerie convulsive, passa son pouce dans la palette diaprée. Il prit une poignée de brosses de toutes dimensions.

Tout en chargeant son pinceau de couleur, il grommelait entre ses dents : *Voici le ton.*

Puis il trempait avec une vivacité fébrile la pointe de la brosse dans les différents tas de couleurs dont il parcourait quelquefois la gamme entière plus rapidement que de l'écrire.

Il se tenait immobile à côté de la toile. Tout en parlant, Henri touchait à toutes les parties du tableau : ici deux coups de pinceau, là un seul, mais toujours si à propos. Il travaillait les contours de son nu avec une ardeur si passionnée que la sueur se perlait sur son front.

— Je vais tenir tout entière là-dessus ? s'indigna Aline.

Henri se contentait de rire, elle le relança :

— Vous ne croyez pas qu'il vaudrait mieux que je sois nue ?
— Ça ne me dérange pas : moi, de toute façon, ce sont vos contours que je veux peindre pour le moment.
— C'est que je n'aime pas poser !
— Ne posez pas.

Elle soupira, visiblement peu emballée.

Il s'absorba sans dire un mot dans son travail, entrecroisant au centre de sa toile des lignes grises et noires.

— Regardez-moi bien en face.

Aline ne bougeait pas d'un millimètre. Au bout d'une heure la fatigue commençait à se faire sentir. Elle relâchait le dos, levait une fesse, et baissait la tête. Et se remettait en position.

— Vous pouvez vous lever s'il vous plaît ? Venez par ici. Vous pouvez relever vos cheveux s'il vous plaît ?
— Je peux avoir un pinceau pour les enrouler autour.
— Bien sûr… Voilà.
— Merci.
— Reprenez votre place sur le tabouret.
— OK.

Henri poursuivit son esquisse sur la toile. Hésitant il prenait son courage à deux mains.

— Vous trouverez un peignoir là-haut.
— Vous n'osiez pas me demander de me foutre à poil…

Il ne répondit pas.

Aline fit quelques pas et entama la montée des escaliers qui accédaient à une mezzanine.

Deux minutes plus tard, elle redescendait enveloppée dans un peignoir gris foncé. Il la regardait fixement mais il restait muet.

Elle comprit et fit tomber le peignoir à terre. À présent, elle était nue devant lui, droite comme un I, les pointes des seins dardées et les cheveux enroulés autour du manche du pinceau. Pour la première fois, elle offrait la vue de son sexe lisse à cet inconnu, l'ami de Xavier.

— Vous pouvez avancer d'un pas ? dit-il timidement.

Dans son for intérieur, il était ravi mais il ne pouvait pas l'exprimer.

L'émotion l'envahissait.

— Ça ne vous gêne pas de joindre les mains derrière votre dos…

Elle exécuta.

— Non ça ne va pas ! … Cette pose ne me convient pas… On peut en essayer une autre ?... Je me sens comme un débutant avec vous. Je vais faire comme avec les élèves des beaux-arts. Voulez-vous quitter votre collier ? Je vais regarder votre assise, votre aplomb… Tournez-vous. … Droite, les mains sur les hanches. C'est bien !

Elle ne répondit pas.

Enfin il se reprenait après de longues minutes de silence.

— Essayons comme ça… Asseyez-vous s'il vous plaît… Posez les deux coudes sur votre cuisse droite… Et soutenez votre menton avec votre main droite… Écartez bien les jambes que je vois votre entrejambe…

Désormais il lui semblait tenir son nu. Il s'était décontracté mentalement. Il avait fait le vide. Il ne pensait à rien. Il respirait calmement. Maintenant, il observait son modèle. Il reproduisait la pose. Il avait en tête les axes, les repères osseux, le bassin, la cage thoracique, et les clavicules. Il commençait à dessiner par les pieds et non par la tête. C'était son habitude. D'abord la jambe porteuse en premier, là où le corps est en appui, c'était sa technique.

Son pinceau traçait les épaules avec les clavicules sans hésitation. Ensuite il s'attaquait à la cage thoracique. À peu près à la moitié, il plaçait les tétons. Et autour les seins, bien sûr. Il retouchait la ligne de l'un d'eux. Ensuite il poursuivait par la taille, creuse au niveau du nombril. Et enfin le bassin qui s'arrêtait au niveau du pubis et le sexe. Puis la forme des cuisses aux courbes généreuses. Il avait terminé son nu. Il était satisfait de son œuvre.

Il lava le pinceau en remuant la touffe dans un mouvement de va-et-vient, droite-gauche, gauche-droite pour dissoudre les restes de pigments. Puis, il l'essorait avec un chiffon propre pour remettre la touffe en forme.

La pose était terminée, Aline enfilait sa robe.

Au même moment Xavier sonna à la grille. Henri ouvrit la porte.

Aline et Henri quittèrent l'atelier pour le rejoindre. Dans le salon, Xavier saisit le combiné du téléphone et composa un numéro.

— Trois pages du dossier de Philippe De La Mare… Oui trois… C'est à prendre ou à laisser… Une exclusivité, hein… Et puis quoi encore ?... Écoutez demain matin vos confrères feront la une avec ce tas de boue. Si vous voulez être les seuls… J'en étais sûr ! … Vous aurez l'enveloppe d'ici deux heures… À quel nom ?... Bouleau, Ok merci.

Xavier raccrocha et Henri l'interpella.

— J'espère que tu sais ce que tu fais.
— Je sais ce qu'ils sont capables de faire.

Aline du haut de l'escalier l'interpella à son tour. Elle avait sorti les tirages du sac de plastique.

— Xavier c'est prêt, si tu veux venir…. Tu n'as plus qu'à choisir.
— D'un panier comme celui-là, on est sûr de sortir un crabe… Ah Dupaire, le ministre de la Santé, Dupaire le moraliste. Il s'est prononcé contre les films porno… Contre l'avortement aussi mais pas contre le trafic d'armes… Dupaire.
— Ça en fait un… Combien en veux-tu ?
— Tu m'en choisi dix et on en choisira trois parmi ces dix… Nous choisirons les deux plus dégueulasses.
— Tu te rends compte que tu vas les perdre… Et si ces gens avaient seulement...
— Commis une erreur ?
— Oui, peut-être qu'ils ont commis une erreur... Dans ce cas, ton acte est très cruel.
— Enfin Aline ! Et à Philippe ils ne lui ont pas fait crédit ! Et à sa femme non plus.

— Et Philippe était-il meilleur qu'eux objectivement ?

— Objectivement est une locution foireuse que je n'ai que foutre…
Dupaire ! Je t'ai dit.

— Deux par enveloppe.

— Pourquoi pas trois ? interjeta Henri.

— Philippe, Christine… Je m'occupe de mes morts.

XXI

Le lendemain, les titres étaient énormes en rouge et noir. Les journaux donnaient la photocopie des documents. Les commentaires étaient virulents. Ils rappelaient la mise en cause du ministre Dupaire dans une affaire de trafic d'influence. Ils n'avaient pas tout publié. Manifestement ils gardaient des précisions en réserve pour répondre à l'offensive qui était inévitable. Les radios aussi commençaient leurs titres par le même message. Le journaliste annonçait d'une voix bien portée.

Nos informations. Rebondissement dans l'affaire De La Mare. Cette nuit plusieurs journaux parisiens ont reçu l'appel d'un correspondant anonyme leur proposant deux feuillets du dossier devenu maintenant tristement célèbre. On s'interroge bien sûr pour savoir qui est le mystérieux correspondant. Ces feuillets mettent en cause des personnalités politiques bien connues. Le ministre Dupaire est gravement compromis comme le préfet Lagardère soupçonné de trafic d'influence.

Au même moment, Xavier avait été convoqué dans les locaux du 36 Quai des Orfèvres. Face à lui Marquet l'interrogeait.

— Tous ceux qui l'ont vu récemment Madame De La Mare ne donnait pas l'image d'une femme exagérément déprimée. Un accident, une absorption massive de barbituriques, j'accepterai ça. Se jeter du dernier étage de l'immeuble du 17 avenue *Rapp*... Mise en scène du suicide. Ça oui.

— Ce genre de mise en scène porte habituellement tellement la marque de votre aimable maison.

— Quittons si vous le voulez bien la police fiction. Madame De La Mare a quitté le *Whisky club* vers cinq heures. Et vous êtes parti presque immédiatement derrière elle.

— Coïncidence.

— C'est vous qui le dites.

— Maitre Lecornu a accompagné Madame De La Mare jusqu'en bas de chez elle. C'est lui qui le dit. Ça me fait deux jolis présumés coupables. Je pense que je pourrais en trouver d'autres.

— Vous l'avez l'air de me préférer.

— C'est vrai je l'avoue. Je vais au plus facile. Le barman du club a déclaré... *J'ai entendu Madame De La Mare dire à Monsieur Marechal quand j'aurai mis la main sur le dossier je serai riche.* Cinquante témoins vous ont vu quitter le club après elle. Et plusieurs témoins vous ont vu quelques minutes plus tard avenue Rapp. Regardez, nous avons même ces photographies prises par les reporters sur place. Ça devrait suffire au juge d'instruction.

La porte du bureau de Marquet s'ouvrit. C'était Lefort.

— Oh pardonnez-moi, je viens d'apprendre que Monsieur Marechal était chez nous.

— Il envisage même de prendre pension, rétorqua Marquet.

— Le juge Malville vient sur ma demande de me signifier la garde à vue de Monsieur Marechal. Il y a deux affaires De La Mare cher ami.

— J'aimerai savoir par quel tour de passe-passe prétend-il les dissocier, affirma Marquet agacé.

— Monsieur le juge, qui est ennemi de la magie, pense que Monsieur Marechal s'empare du dossier De La Mare et assassine De La Mare et divulgue par voie de presse des échantillons de ce dossier. Or, Monsieur le juge estime qu'il y a tout lieu de craindre que d'autres personnalités soient mises en causes dont une à laquelle il ne vaut mieux ne pas penser.

— J'aurai une inculpation pour meurtre jusqu'à nouvel ordre. Mon rayon.

— Et ne crains-tu pas aux yeux du pouvoir que le meurtre soit relégué au rang d'accessoire. Écoute plutôt ça. Propagation de fausses nouvelles. Diffamation. Divulgation de documents intéressant la défense nationale. C'est-à-dire atteinte à la sureté intérieure et extérieure de l'État.

— Que veux-tu que je te dise...

— Monsieur Marechal si vous voulez passer dans mon bureau pour signifier votre garde à vue.

Xavier se leva et franchit la porte du bureau suivit de Lefort.

— Lefort, votre dynamisme fait plaisir à voir. Quel entrain ! Pourquoi m'avez-vous sorti des pattes de Marquet ?

— Mais non... Allons, allons... Asseyez-vous !

— Pendant ce temps, je vous rappelle que l'assassin de Philippe De La Mare court toujours lui. Car vous savez très bien que ce n'est pas moi !

— Je le sais d'autant mieux que je suis le père de ce que sera demain la version officielle. Monsieur De La Mare a été assassiné par sa maîtresse, laquelle est en fuite. En toute hypothèse, ne serait-il pas opportun qu'elle réapparaisse ?

— Et Christine De La Mare ?

— Geste de désespoir... La version des journaux me convient parfaitement.

— Pourtant vous savez bien qu'elle a été assassinée !

Le téléphone sonna.

— Monsieur le procureur bonjour... Oui Monsieur Marechal est en face de moi... Oui, je vous le passe... Tenez c'est pour vous.

Il tendit le combiné du téléphone à Xavier qui s'en saisit.

— Allo.

— Monsieur Marechal, je vous passe quelqu'un qui est dans mon bureau et qui souhaiterait vous parler... Je reprends Lefort tout de suite après.

À son tour, le procureur tendit le combiné au mystérieux personnage.

— Monsieur Marechal. Ici Langlois. Comment allez-vous depuis notre dernière rencontre ? Je crois que le moment est venu où nous devons obligatoirement nous rencontrer. Je serai ravi de vous recevoir chez moi. Je donne demain une chasse en l'honneur de quelques amis. Est-ce que huit heures vous convient en mon domaine à Lamotte Beuvron ?

— Lamotte Beuvron… Le domaine de Beuvron… Trente kilomètres après Orléans. Je connais… Tout ça est très bien cher Monsieur et tout cela comporte un obstacle, je suis en garde à vue... Ah oui, je vois… Je passe le combiné au commissaire Lefort… C'est pour vous, le procureur.

Lefort reprit le combiné.

— Allo… Bien entendu Monsieur le procureur. Oui, un souhait bien sûr. Un simple souhait oui. Je préférerai néanmoins qu'il soit formulé par écrit. Monsieur le juge Malville est averti… Eh bien dans ce cas, mes respects Monsieur le procureur.

Lefort raccrocha et se leva.

— Eh bien, il ne me reste plus qu'à vous souhaiter bonne chasse Monsieur Marechal… Je vous avais tiré de la gueule du loup, ils reviennent en horde. Le jeu va devenir très serré Monsieur Marechal et même assez meurtrier, je pense… Vous êtes libre !

Lefort ouvrit la porte et laissa passer Xavier qui aperçut Lecornu attendant patiemment dans un fauteuil.

— Xavier.
— Oui.
— Je crois que des gens en place ont essayé de te contacter si ce n'est déjà fait. Sache qu'ils feront tout pour t'empêcher d'aller plus loin.

Le secrétaire de Lefort sortit de son bureau et interpela Lecornu.

— Maître… Maître vous êtes attendu.
— Oui j'arrive.

XXII

Xavier roulait depuis une heure déjà pour arriver à temps au domaine de Beuvron qui s'étendait sur un parc de plus de huit hectares.

L'édifice, par sa forme et sa distribution, pouvait faire penser au *Petit Trianon* de Versailles.

Il gara sa voiture au pied de la grande bâtisse et il fut accueilli par Langlois qui était prêt pour la chasse. Il salua Lecornu qui fumait une *Gitane* sur le perron. Lui aussi avait été convié à la chasse. Il était arrivé la veille.

Vêtu d'un complet bleu, Xavier était immédiatement emmené à l'intérieur de la bâtisse pour changer de tenue. Il enfila un treillis et une veste légère en coton vert. On l'armait d'un fusil et on lui remplit les poches de cartouches.

La journée de chasse à courre avait commencé à l'aube pour *faire le pied.* L'exercice constituait à repérer la présence des animaux en forêt, tôt le matin, avec un chien tenu en laisse, un vrai limier, fin de nez.

Langlois donnait ordre de conduire la meute à l'endroit où le limier avait repéré les animaux. Les premiers chasseurs partaient.

C'était l'attaque ! Un animal se leva au lancer des chiens. Il commença sa fuite pour échapper à ses prédateurs. La chasse pouvait commencer.

L'animal chassé rusait avec ses instincts naturels. Il passait dans un cours d'eau pour que les chiens perdent sa trace. Ou encore livrer ses congénères qui donnaient le change, pour tromper la meute.

Les fois où les chiens parvenaient à prendre leur proie, après avoir déjoué toutes ses ruses, la viande du gibier était donnée aux chiens comme récompense de leur chasse ; *la curée*.

Au départ, Langlois cria.

— Faisons la plaine ce matin, nous ferons le bois après déjeuner. Monsieur Marechal vous venez avec moi.

Parti le premier dans une *Jeep*, Langlois conduisait les chasseurs sous la futaie. Les autres suivirent le président formant ainsi un long convoi. Langlois stoppa et descendit du 4X4.

Maintenant Langlois avançait à pied le fusil *Hammerless* plié sous le bras. Son fusil au canon juxtaposé à deux coups était reconnaissable et unique. La bascule était gravée d'une bécasse perchée sur une branche d'arbre. Soudain, il épaula, ajusta son tir, le doigt posé sur la détente. Le premier coup de feu troua les feuilles comme la grêle et marqua les écorces. Il était calme. Très attentif aux aboiements et aux coups de feu quand les chiens se rapprochaient. Il faisait signe à Xavier, pour aller un peu plus loin, hors de leur portée et caché par le feuillage.

Soudain on entendit une nouvelle détonation, puis une seconde, puis d'autres encore, des cris et des aboiements furieux. Les perdrix et les cailles, affolées, se sauvèrent dans toutes les directions, sur les champs que parcouraient les chasseurs et les meutes de chiens aux oreilles aplaties sur le dos. Les *Beagle*, à la robe blanche, noire et feu, agiles et rapides couraient comme le vent. Le plus vieux reconnaissait les pistes des lièvres. Il n'avait qu'à mettre son museau à terre. Il faisait un bond à gauche, puis un bond à droite. Le chien, dérouté par l'air déchiré, par les détonations et les cris, restait en arrière.

Le chien arrivait à la lisière du bois. Il poussait un grognement, et la langue pendante, gagnait du terrain. Son cœur battait si fort qu'il ne pouvait plus respirer. Et tout à coup, alors qu'exténué, il penchait la tête vers le sol, il s'apercevait que l'herbe qu'il foulait était imprégnée d'une odeur familière. Pas de doute ! C'était le chemin d'un lièvre. Débusqué, le lièvre était abattu au même instant.

Xavier était encore à cinquante pas de la rivière, lorsqu'une détonation retentit, puis deux secondes plus tard, une autre ! Le son venait d'en bas. Il s'élança. Un vol de très gros oiseaux, jaillissait de derrière le bois, piquait droit sur lui. Mais le chef de la troupe chavira soudain, ferma ses ailes, et vint frapper lourdement le sol. Il tombait à ses pieds.

Xavier se pencha pour le saisir, quand il fut à demi assommé par un choc violent qui le jeta sur les genoux : un autre oiseau venait de lui tomber sur le crâne, et il fut un instant ébloui.

Il les prit tous deux par les pattes : c'étaient des perdrix. Des bartavelles ! Des perdrix royales !... C'était un doublé pour Langlois ! La chasse se poursuivait.

Comme un chien grattait du pied le sol mobile, un chevreuil tressailla. Un frisson le parcourait de ses sabots fourchus à son bois rameux. Il surveillait sans bouger par-dessus les genêts fleuris, puis il bondit vers un jeune bois de pins. Une lieue plus loin, il s'arrêta. Il reprit haleine.

Les cavaliers vêtus de rouge et ceints de leur trompe, montés sur des chevaux puissants de poitrine profonde et d'haleine inépuisable, poussaient les chiens *bleus de Gascogne*, à la robe bleue ardoisé marquée de taches noires et feu, sous leur fouet. Ils soulevaient la terre. Un tourbillon de feuilles et de poudre montait et s'abattait derrière eux.

Après son premier élan, face à la brise, le chevreuil avait fait halte. Il examinait le taillis. Il chevrota doucement, puis plus fort et il respira. Il monta à petits pas, il gravit la pente. Un immense aboi l'accueillit. Toute la chasse débouchait au même moment. Les cors éclataient. Il vibra tout entier de ce cri déchirant. Le même frisson de tout à l'heure le saisit, il fut cloué sur place et chancela. Mais l'instinct le banda sur lui-même, et des quatre pieds à la fois, détendu soudain, il précipita ses bonds.

Alors, ce fut le laisser-courre. Les cavaliers, debout sur leurs étriers, les chiens tête haute, la narine ouverte, accéléraient leur train. En tête, sur un grand cheval bai, un jeune homme, les rênes à pleines mains et les poignets bas, menait l'allure.

Le chevreuil maintenait sa distance. Filant à mi-pente, il réglait ses foulées, plus souple et plus agile, écoutant s'éloigner ou se rapprocher les galops forcenés. Mais le va-et-vient de sa respiration contractait ses flancs, des filaments sanglants striaient ses naseaux dilatés et un brouillard emplissait ses yeux d'une tristesse obscure. Une détonation vint le stopper dans sa course. Ses pattes fléchirent et il tomba sur le flanc. Il était mort !

Nicolas rejoignait Xavier qui se trouvait près d'un étang.

— Oublie tout ce que je t'ai dit, Xavier… D'ailleurs, je ne t'ai rien dit.

Lecornu, le fusil à deux coups, plié sous le bras, s'éloigna et se planqua derrière les herbes hautes. Il participait de très loin à la chasse. Il n'aimait pas particulièrement cette pratique. Toutefois il s'y laissait volontiers inviter pour les mondanités. Lui aussi y trouvait des intérêts. Ces gens-là étaient de bons clients et ses affaires marchaient bien grâce à eux.

Un silence de cathédrale s'était installé. On entendait seulement le bruit assourdi de l'eau qui coulait paisiblement et le piaillement des oiseaux. Nicolas jeta rapidement un regard à droite et à gauche et décidait d'avancer droit devant lui.

Soudain, à une cinquantaine de mètres en amont, il avisa une ombre immobile qui se fondait dans le décor. *Sans doute s'agissait-il d'un chasseur qui était à l'affût*, pensa-t-il.

Finalement, il se décida à se rendre lentement auprès de cette silhouette encore assez indistincte qui au fur et à mesure qu'il se rapprochait prenait forme. Il eut alors la surprise de découvrir un chasseur très occupé à guetter. À pas feutrés pour ne pas le déranger Nicolas s'approcha tout près de lui. Mais sa curiosité fut mise en éveil. Pourquoi était-il seul sur cette rive, personne ne semblant figurer dans son environnement ? Étant très attentif l'homme ne fit pas attention tout d'abord au nouveau venu qui avait surgi à ses côtés.

C'est ainsi qu'il fallut attendre au moins plus de cinq bonnes minutes avant que le chasseur lève les yeux vers le nouvel arrivant qu'il aurait pu qualifier d'intempestif tellement il avait à cœur de ne pas perdre de vue le fourré sur lequel son regard restait fixé si obstinément.

De l'autre côté de la rive, Nicolas apercevait Xavier en pleine discussion avec Langlois.

— Vous savez Monsieur Marechal, Philippe De La Mare me parlait souvent de vous. Il vous aimait bien !

Xavier n'eut pas le temps de répondre surpris par une envolée de perdrix qui passait au-dessus d'eux. Langlois tira le premier. Xavier en fit de même et tira à son tour.

De l'autre côté de la rive, Nicolas et l'homme épaulaient et faisaient feu également.

Les chiens se jetaient dans la rivière pour récupérer les volatiles tombés à l'eau.

Soudain provenant de l'arrière du bois, un tir touchait en plein dos Nicolas qui s'écroulait.

Prévenu par l'un de ses hommes, Langlois s'avançait vers Xavier.

— Un accident vient d'arriver Monsieur Marechal.
— Déjà un mort au tableau ?

— Nous aurions pu en avoir un plus tôt. J'ai appris vos précédents incidents.

— Les nouvelles vont vite !... Monsieur Lecornu a été blessé. Allons voir si vous le voulez bien.

Langlois et Xavier se rendirent auprès de Nicolas. Le médecin était déjà sur place. Il l'examinait.

— C'est grave ? demanda Langlois.

— Une décharge de chevrotine dans la région lombaire. Si les reins sont touchés, il y a tout lieu de penser qu'il ne s'en sortira pas. Il faut le faire transporter immédiatement à l'hôpital.

— Faites docteur.

Xavier qui était resté à l'écart fit quelques pas. Il s'approcha de l'avocat qui était étendu à plat ventre sur l'herbe sèche. Il s'agenouilla et posa sa main sur son dos. Il était encore en vie mais pour combien de temps.

— D'après le toubib, les plombs n'ont pas pénétré. On va te sortir de là, lança Xavier.

Langlois se positionna au même instant derrière Xavier.

— Mais oui bien sûr… Monsieur Marechal je vous ramène.

Xavier, un genou à terre, tourna la tête dans sa direction sans répondre. Il se releva et monta dans la *Jeep* qui avait été approchée par un de ses hommes. La voiture roulait dans un grand silence jusqu'à la bâtisse. Langlois en descendit le premier suivi de Xavier. Les mains dans les poches, Langlois ouvrait la porte qui donnait sur un immense salon.

Le salon rempli de fleurs et inondé de soleil, était une pièce magnifiquement décorée de boiserie aux murs où ornaient les portraits de famille. Le plafond se composait de caissons enfoncés et séparés par des bandes en saillie et ornés d'arabesques dans le style italien ; au centre on avait réservé un vaste espace où se côtoyaient fauteuils et crapauds et tables basses.

Planté devant une fenêtre entourée de chaque côté de lourdes tentures, Langlois fumait un *Cigarillo*.

— La partie sportive étant écourtée nous allons pouvoir, Monsieur Marechal, entrer dans une phase plus constructive. Bien que mon nom ne figure pas en haut de chaque feuillet, le dossier que vous possédez m'appartient ou si vous préférez j'en suis garant vis-à-vis de certaines personnes… Monsieur Marechal, le climat politique actuel n'est pas bon et vos récentes publications ne peuvent que nuire aux intérêts du pays.

— Le pays vous n'en avez rien à foutre !

— C'est exact. On a mis en place l'international du pognon c'est un peu plus sérieux. Croyez-moi !... Des mots comme belligérant, alliés n'ont plus de sens. Nous n'avons plus d'amis. Nous avons des partenaires. Nous n'avons plus d'ennemis. Nous avons des clients. Le capital ne connaît plus de frontière.

— La corruption non plus je suppose.

— C'est pourquoi la publication du dossier De La Mare n'y changera rien. Je serai démissionné de mes fonctions. Deux ou trois guignols politiques sauteront. Vous irez en prison. Mais ça ne changera fondamentalement rien.

— Je crois que vous négligez un peu… Un peu trop l'opinion publique.

— En quoi modifie-t-elle les affaires ?... Ce ne sont pas des affaires d'argent mais de morale.

— Y a donc une morale ?

— Monsieur Marechal, vous êtes honnête comme l'étaient nos grands-pères mais ça ne correspond hélas plus à rien. Les Français sont des veaux comme disait Charles de Gaulle. En quoi, cela dérange-t-il le veau ? Quand un secrétaire d'état ou un directeur de cabinet s'enrichit un peu trop rapidement. Croyez-vous que la situation économique en soit affectée. L'essentiel est de construire et de produire. Et de donner au peuple ce qu'il désire…

Soudain la porte s'ouvrit.

— Entrez… Monsieur le ministre, je vous présente Monsieur Marechal à qui vous devez une récente et tapageuse publicité.

— Il y a quelques années, on aurait saisi ces torchons. C'est de la diffamation pure et simple Monsieur Marechal, lança le ministre en fonçant sur Xavier

C'était un homme au crâne chauve et luisant, le visage charnu, les yeux clairs. Il était d'une élégance raffinée, un complet admirablement coupé. Il avait figuré l'année précédente sur la liste des Parisiens les mieux habillés et choisi par le magazine *Gala*. C'était son principal titre de gloire. On disait que son tailleur aurait mérité d'être au moins son suppléant.

Xavier se leva du fauteuil et droit devant lui s'exprima.

— Pourquoi ne portez-vous pas plainte ?

Dupaire ne se calmait pas. Durant tout le voyage il avait accumulé de la bile.

— Les journalistes sont des vendus, des ordures. On devrait…
— Les acheter, dit Langlois en coupant la parole au ministre.
— Ou les inviter à la chasse, interjeta Xavier.
— Bon, vous nous remettez le cahier, glapit Dupaire… Combien ?
— Le renoncement de Monsieur Marechal vaut bien deux millions, grommela Langlois.
— Ça peut se discuter, rajouta Dupaire.
— Mais non… Pas d'autres exigences Monsieur Marechal ? demanda Langlois.
— Le nom du meurtrier de Philippe exigea Xavier.
— Si je le connaissais, je ne pense pas que je vous le dirais, ironisa Langlois. Mais je ne le connais pas. Ne craigniez-vous pas que cette exigence…
— Une exigence préalable, sinon le reste du marché ne m'intéresse pas rajouta Xavier.
— Vous avez choisi le chemin difficile Monsieur Marechal… Vraiment je regrette souligna Langlois.

Précédé du ministre il tourna les talons.

XXIII

Au moment où ils franchissaient le seuil de la porte, Lefort et Marquet surgissaient.

— Monsieur Marechal vous êtes en état d'arrestation. Marquet, les menottes ! Vous êtes accusé de recel, de faux témoignage, et de complicité dans le meurtre de Philippe De La Mare… Je ne pense pas que cette fois Monsieur le procureur appelle. Il a dû prendre un coup de froid. Comme il arrive souvent dans les couches élevées de l'atmosphère, la température s'est brusquement rafraîchie. Emmenez-le !

Marquet menotta de Xavier, et le fit sortir. La voiture de Lefort était garée devant le perron, la portière arrière ouverte. Xavier s'y engouffra suivi de Lefort. Marquet montait dans la sienne.

Les deux voitures quittaient le domaine de Beuvron sous le regard de Langlois.

À quelques kilomètres de la capitale, Lefort s'enfila dans une station-service suivie par Marquet. Xavier apercevait Aline plantée derrière la vitrine de la boutique. Lefort et Marquet descendaient de voiture.

— Marquet vous pouvez y aller. Ne m'attendez pas. Rendez-vous à la boîte…

— Bien chef.

Aline commençait à s'avancer dans la direction de Xavier que Lefort venait d'extraire de la voiture.

Lefort enchaina.

— Entre vos alibis et vos appels à l'aide, comment feriez-vous si les femmes n'existaient pas. Elle vous a tiré d'un mauvais pas.

— Merci Aline, lança Xavier.

— Pour venir ici, il a fallu que je lui raconte tout, avoua-t-elle.

— Ça a été si long à raconter ? ajouta Xavier avec un large sourire.

— Non mais ça a été long à taper… Avec un doigt on ne va pas vite, vous savez ! répliqua Lefort.

— Vous m'inculpez ?

Lefort lui ôta les menottes.

— Bon vous avez trouvé qui est derrière tout ça ? questionna Lefort.

— Je n'ai trouvé personne… Personne. Il y a des intérêts des groupes de pression… Des sociétés qui s'imbriquent les unes dans les autres et qui changent sans arrêt… Pas de visage, pas d'identité. Des intermédiaires ça oui. Des hommes de paille. Des hommes de main comme Calvi. Des clowns comme les ministres. Des petits malins…

— Comme De La Mare.

Xavier ne répondit pas sur le coup. Un silence s'installa. Et Lefort continua son propos.

— Je me fou de De La Mare, Calvi ou des ministres, moi ce que je veux c'est le dossier. Rassurez-vous ! Pas pour l'enterrer mais pour l'étaler au grand jour. Mais pas à votre manière ! Dans un rapport que je remettrai en main propre au garde des sceaux. Oui je gagnerai en faisant mon métier proprement. Avec des gens propres. Et si j'échoue. Si vous avez raison. Eh bien, je prendrai ma retraite anticipée.

Aline l'interrompit.

— Xavier, donne-lui ce qu'il te demande. Ces gens-là te tueront.

— Eh, bien vous voyez. Elle aussi tombe dans le panneau… Ces gens-là. Ça veut dire quoi ces gens-là ? Moi, je veux un nom, un seul. Celui de l'assassin de Philippe. Tant que vous ne me le donnerez pas vous irez vous faire foutre…. Je suis ingrat Aline, c'est ma façon d'être fidèle.

— Monsieur Marechal montez dans la voiture ! Madame Grevêche montez à ses côtés.

Lefort reprit la route à bonne allure mais sans excès.

Xavier se retourna vers la lunette arrière et fut surpris par l'arrivée si rapide d'une berline noire. Le véhicule fonçait bel et bien sur eux. Lorsque la voiture arriva à la hauteur de l'arrière, il aperçut un gars qui sortait une mitraillette par la portière.

— Attention ! lança-t-il.

Émanant de la voiture poursuivante, les premières balles percutèrent la carrosserie de l'automobile de Lefort. En un dernier bond la voiture fut sur eux. Les gangsters tiraient en même temps. Xavier vit des éclairs et entendit un gémissement. Lefort se renversait en arrière. Puis, il se redressa comme s'il avait reçu un coup de poing dans le ventre.

Il avait du mal à maîtriser la voiture.

Xavier vit la portière s'ouvrir. Aline sautait sur le rebord de la route qui était constitué par un fossé herbeux. Elle avait bien jugé : le moteur explosait alors qu'elle atterrissait sur le sol.

Xavier et Lefort se lancèrent en arrière. Éjectés, ils se sentirent précipités dans le vide. S'ils passaient ils étaient sauvés. Sinon ils cramaient avec la voiture. Le contact avec le sol fut dur. Tandis que la voiture en flammes fonçait vers un arbre, ils se récupérèrent, ramassèrent leurs muscles et entreprirent de ramper. La voiture de police explosait contre l'arbre qui avait arrêté sa route.

Xavier, Aline et Lefort étaient sauvés. Plus de voiture. Mais sauvés !

La voiture suiveuse opéra un demi-tour et s'immobilisa au bord de la route. Trois hommes en descendirent. Barani et deux autres gars.

Ils dégainèrent leurs armes. Xavier, Aline et Lefort essuyaient alors des salves de tirs continus et nourris. Les balles s'abattaient sur eux. Lefort fila un pistolet à Xavier.

À l'unisson, ils répliquaient. Aline grimaçait à chaque salve.

Xavier cria subitement :

— Courez ! Je vous couvre !...

Lefort et Alice foncèrent en direction d'un champ. Xavier planqué derrière la voiture accidenté continuait la riposte. Soudain, il se retourna et vit Aline touchée au milieu du dos. Elle eut un soubresaut et s'abattit face contre terre. Elle ne bougeait plus…

Il pivota la tête et répliqua aussitôt. Il vida son chargeur et fit mouche par deux fois. Deux hommes s'écroulèrent.

Barani abandonnait. C'était une première pour lui. Jamais, il n'avait renoncé devant l'adversaire. Il s'engouffra dans la *Mercedes* et démarra. Le moteur ronfla. Il écrasa l'accélérateur. Le moteur rugit. Marche arrière brusque et virage sec à toute vitesse. Les pneus arrière patinèrent et fumèrent sur le bitume. Ils chauffaient si fort en frottant sur le sol qu'ils laissaient une traînée de gomme noire sur l'asphalte encore chaud. La *Mercedes*, dans un hurlement de pneus, bondit et décampa. La fumée qui était montée des pneus ne s'était pas encore dissipée.

Xavier se releva. Il courut vers Aline et s'agenouilla devant le corps inerte. Il lui ferma les yeux. Il était tellement sidéré qu'il ne pleurait même pas.

Lefort, le visage figé et sur le côté droit de la poitrine sa chemise montrait une tache de sang, appela Marquet qui revint les chercher.

Pendant ce temps, l'auto de la police achevait de brûler.

XXIV

Xavier était rentré à Paris. Déposé devant chez lui par Marquet, il sautait dans une *BMW* et fonçait vers Pascal, un ami qui travaillait dans la location de voitures.

De la voiture il l'appela.

Pascal commençait à lui raconter sa vie. C'était un garçon heureux de vivre, dépourvu de toute tendance hostile à l'égard de quiconque, l'oiseau rare par excellence dans un siècle où l'on parle tellement d'agressivité que personne n'ose en paraître dépourvu. Xavier le coupa. Il avait un besoin urgent – il insista sur le mot – d'une voiture mais il ne pouvait la louer sous son nom.

Xavier l'entendait réfléchir.

— C'est facile, ce que tu me demandes, soupira-t-il. On a déjà des ennuis plein la tête avec les clients ordinaires, tu ne peux pas t'imaginer !... Bon, j'ai ton affaire. Mais si tu me casses l'engin, je suis au chômage. Ou alors tu te démerdes pour me le remplacer aussi sec.

Xavier promit.

— Je viens chez toi, dit Xavier… Parce qu'en plus tu vas me garder la *BMW*. Je dois récupérer un paquet et en douce le transférer d'un coffre à l'autre sans que personne le voie !

— Charmant ! Le paquet, c'est un défunt ?

— Même pas !

— C'est déjà moins drôle !

Il ajouta :

— Viens très vite.

Puis il raccrocha.

Xavier fonçait à la consigne de la gare RER de la *Défense* pour récupérer le fameux dossier

Puis, il revint aussitôt au garage qui était situé dans le XIVe, une immense bâtisse neuve qui comportait sur sa partie gauche des bureaux. La façade était en verre.

Pascal avait fait préparer la voiture, une *Alfa Roméo* toute neuve, à peine rodée, une championne, une *Giulia Quadrifoglio*, 100 000 euros, avertissement même pas voilé à Xavier. Il avait bigophoné aux services de vente, en cas de coup dur on lui remplaçait au plus vite, mais il fallait de l'argent cash.

Xavier avait garé la *BMW* au fond du garage. Maintenant, il s'avançait à pied vers Pascal.

— T'as fini ? demanda Xavier.

— C'est du renseignement ce que tu fais ? demanda Pascal avec gourmandise.

— On peut dire ça.

— T'as de la chance. Moi je m'emmerde. Les seules histoires marrantes que j'ai, c'est quand un gars a un accident et qu'il n'est pas avec sa bourgeoise. Alors là parfois il y a du sport.

Assis derrière le bureau en bois, Pascal se leva.

— Je l'ai mise à mon nom – en location – parce que je voulais me payer un week-end avec.

C'était une voiture bleu-azur, un cabriolet scintillant. Pascal avança *l'Alfa* le plus près possible de la *BMW*. Xavier sortit du coffre la sacoche. Pascal parut déçu. C'était pour assister au transbordement qu'il avait tenu à rapprocher l'Italienne près de l'Allemande.

— C'est tout ? demanda-t-il.
— Il y a de quoi faire sauter la République ! dit Xavier en riant.

Xavier écoutait consciencieusement les conseils indiqués par Pascal.

— Je croyais que tu étais accompagné ? demanda-t-il.
— Non…. Elle est si moche que je ne veux pas te la montrer !

Il éclata de rire en tendant la main à Xavier.

— Cent mille euros, répéta-t-il. Mais tu as les moyens…
— Ne t'inquiète pas !
— Je lis les journaux, je regarde la télé, je n'avais pas l'impression qu'il se passait des événements assez importants pour qu'un homme comme toi déterre la mitraillette.
— J'ai trois amis qui viennent de mourir curieusement. C'est suffisant, non ?
— Ça n'a pas remué les foules !
— Peut-être bientôt.

Xavier s'engouffra dans *l'Alpha* flambant neuve et sortit du garage.

La lumière du dehors s'obscurcissait. Un gros nuage passait. Maintenant la pluie battait la carrosserie mais Xavier n'y prêtait pas attention.

Au *Bois de Boulogne* il se rangea le long d'un chemin de terre. Il voulait ouvrir la sacoche pour explorer une nouvelle fois les documents qu'elle contenait. Il n'était pas déçu. Philippe De La Mare tenait dans son cahier de quoi peupler les prisons de la République avec le personnel qui faisait semblant de la servir. C'était un répertoire de la corruption.

Ainsi Philippe dévoilait crûment l'origine de sa fortune : son premier argent venait d'un délit de favoritisme.

Il feuilletait les pages du cahier. Grâce à ces informations il pouvait compromettre des ministres et secrétaires d'État, Calvi, des fonctionnaires de police, des procureurs, des membres de cabinets ministériels, quelques députés, un directeur de banque, une poignée de P.D.G.

Tous se connaissaient, déjeunaient ensemble, se tutoyaient, forniquaient les mêmes filles dans les mêmes bordels, notamment au *Whisky club*.

Il reprit la route. La pluie aveuglait son pare-brise. Il roulait, absorbé dans ses pensées. Il venait de découvrir que son ami lui cachait une partie de son activité.

Il roulait calmement.

Il rejoignait l'appartement du ministre de la Santé. Dupaire habitait un superbe appartement dans un immeuble Haussmannien du XVIe arrondissement, rue *Henri-Martin*.

Xavier l'attendait derrière la porte d'entrée de l'immeuble, le parabellum chargé à la main.

Un chauffeur déposa le ministre au bord du trottoir qui se dirigea en se dandinant vers la porte qu'il poussa avec vigueur. Il pénétra dans le hall sombre sans lumière et ouvrit sa boîte aux lettres, de laquelle il dégagea deux lettres. Xavier avalait sa salive avec peine quand il se jeta sur lui et le menaça avec une arme. Il lui balança son poing sous son menton. Dupaire tomba en arrière. Il leva les mains en signe de reddition.

— On monte chez toi !

Dupaire se releva. Ses jambes ne le soutenaient guère. Il avait du mal à reprendre sa respiration. Toujours en joug, ils montèrent dans l'ascenseur. Au dernier étage les portes s'ouvrirent.

Il fouilla ses poches et extirpa un trousseau de clés et essaya deux clés d'une main tremblante avant de trouver celle qui convenait. Il poussa le battant. Xavier le projeta à l'intérieur et referma, faisant jouer deux tours à la clé et bloquant la porte avec les deux gros verrous que Dupaire avait faits installer.

À terre le ministre ne bougeait plus. Xavier lui lança un magistral coup de pied dans le ventre flasque. L'autre cria. Il tenta de se lever, mais Xavier lui lança un second coup de pied, un peu plus fort. Dupaire se courba en deux, le souffle coupé il ne put même pas pousser un cri. Ses tempes palpitaient et son corps le brûlait.

Il étira ses bras pour s'agripper au bord du bureau. Le front posé sur ses mains il haletait. D'un effort il se releva. Il s'écroula la tête sur le côté du bureau dont le tiroir était ouvert. Un pistolet était à porter de ses doigts. Il s'en saisit et retomba à genoux se trouvant sur le côté, la main droite pendante et serrant l'arme. Il avait les yeux mi-clos. D'un sursaut il se releva et braqua Xavier qui tira avant lui. Le tir l'atteignit à l'épaule et le projeta contre le mur.

— Qui a tué Philippe ? lança Xavier.

Dupaire ne répondit pas. Xavier tira une seconde fois. La balle pulvérisa son genou gauche. Il se raidit et lança sa tête en arrière sous l'effet de la douleur fulgurante. Son dos glissa le long du mur moquetté et il se retrouva au sol sur les fesses. Il gémissait en bavant.

— Qui a tué Philippe ?
— Arrêtez ! Je vais crever !
— Crève ! Mais tu vas y mettre le temps salope ! C'est moi qui te le dis.
— Vous ne pouvez pas faire ça Monsieur Marechal ! Merde ! Vous ne pouvez pas me laisser là. Mon genou… Et puis merde, je me fou de ce fumier…

Xavier se pencha. Et Dupaire lui chuchota le nom de l'assassin dans le creux de l'oreille.

Xavier bondit dans l'*Alpha* et décida de passer chez lui, ce qu'il n'avait pas fait depuis plusieurs jours. Au passage il acheta les journaux.

XXV

Il retrouva avec plaisir son deux pièces, très modernes, au dernier étage d'un immeuble neuf qui se continuaient par une terrasse où parfois il lui arrivait de coucher sur un long et profond canapé.

Heureux de rentrer chez lui, Xavier planqua le dossier dans le coffre-fort caché derrière un tableau. Il n'était toutefois pas dans son assiette. Une crise de vague à l'âme. Certainement à cause de la mort d'Aline.

À peine était-il entré que le téléphone sonna.

C'était Jade, la jeune fille d'accueil du *Whisky club,* une blonde décolorée, jolie pas du tout vulgaire, le visage abandonné aux traits réguliers, une peau lisse et mate avec des sourcils épais couleur de jais. Elle était surtout fière de sa poitrine. Souple et ferme, attachée très haut, elle n'avait jamais besoin du moindre soutien-gorge. Ses seins jaillissaient des décolletés profonds de ses robes. Elle ne dormait jamais plus de quatre ou cinq heures.

— Monsieur Marechal ?
— Oui, lui-même. À qui ai-je l'honneur ?
— Jade du *Whisky club*.
— Qu'est ce qui t'amène à m'appeler.

— Je me fais du souci pour vous Monsieur Marechal.

— Ah bon… C'est gentil mais faut pas !

— Ben si je vous aime bien moi, Monsieur Marechal.

— Je sais, tu es une brave petite.

— Toujours un petit mot gentil pour moi… Vous voyez c'est ce que j'aime chez vous.

— Tu es où là ?

— Chez moi. C'est mon jour de repos. J'ai appris pour la grande Aline… C'est fou ! Et vous, vous allez bien ?

— T'es déjà au courant ? Oui, ça va ne t'inquiète pas.

— Vous savez les mauvaises nouvelles arrivent plus vite que les bonnes !

— On peut déjeuner chez-moi si tu veux ?

— Ah oui… Bonne idée !

On sonnait à la porte. Il s'excusa rapidement.

Il raccrocha et ouvrit aux deux hommes jeunes qui étaient sur le seuil, bruns, nu-tête, polos et veste de sport. Xavier connaissait vaguement leur visage : c'étaient des hommes à Langlois. Ils les avaient côtoyés à la chasse. L'un des deux dit aussitôt qu'ils venaient le chercher. Ils étaient extrêmement polis.

Ils avaient une *DS 7 Crossback* fort d'un châssis rallongé. Ils s'installèrent devant, laissant l'arrière pour Xavier. On aurait dit un ministre avec son chauffeur et son gorille.

Outre le bureau au premier étage de l'*hôtel de Lassay*, Langlois en avait un autre aux *Champs-Élysées*. À l'étage, une double porte vitrée s'ouvrait sur un large couloir recouvert au sol d'un marbre légèrement rosé dans lequel les chaussures se reflétaient. Les murs étaient insonorisés. Les sons y étaient étouffés comme dans un paysage noyé dans la neige fraîche. Dans le bureau lui-même aucun bruit ne filtrait. Le mobilier était résolument anglais. Langlois aurait pu ordonner l'exécution de quiconque lui aurait refilé une copie, même admirable. Il réclamait toujours une double expertise avant de fixer son choix. La vente de ses meubles, dans le bureau seulement, aurait nourri pendant trente ans une famille nombreuse d'économiquement faibles. Il envoyait dix mille euros par an à la mairie du village où il était né en Corse. Ensuite il versait deux larmes sur son cœur généreux.

— Asseyez-vous, dit-il à Xavier, c'est sérieux.

Xavier obéit.

— Dites-moi ce que vous savez, fit Langlois.
— Vous êtes beaucoup plus au parfum que moi.
— Monsieur Marechal, dit Langlois d'une voix patiente, vous êtes courageux et costaud, c'est un fait. Mais il faut connaître ses limites. Là, vous n'êtes pas de force.

Xavier eut un large sourire.

— Je ne vois pas pourquoi. Pour moi il s'agit de trouver l'assassin de Philippe. La police a une idée. Ce n'est pas la mienne.
— Parlons maintenant du cahier. Qui l'a ? ... Je vous donne mon favori : vous.
— Tiens donc.
— Monsieur Marechal écoutez-moi. J'ai l'impression que depuis ces derniers événements vous vous êtes mis à jouer un jeu personnel. Vous avez tort. Vous perdrez et vous ferez du mal à tout le monde, à commencer par moi qui voudrais vous avoir à mes côtés.

Il sourit.

— Si j'apprends quelque chose, je vous le ferai savoir, promit Xavier.

Langlois ne le retint pas pour déjeuner.

— Signalez-vous de temps en temps, dit-il froidement en même temps que Xavier refermait la lourde porte derrière lui.

Xavier traversa le couloir. À la porte, il aperçut deux silhouettes vêtues de costumes gris qui ne semblaient pas se passionner pour les montres *Swatch* exposés dans la vitrine du magasin d'en face. Il les reconnut : deux flics, un Corse dont le nom devait être Santoni, et un garçon brun au front bombé et au regard pesant qui s'appelait Cuvelier. Il était très jeune et préparait le concours de commissaire. Lefort lui en avait dit grand bien. Xavier s'approcha d'eux. Ils ne parurent pas gênés. Il leur tendit la main.

— Ne me dites pas que vous êtes chargés de m'accompagner.

Ils rirent.

— Pourtant c'est un peu vrai, dit Cuvelier.
— Pour qui travaillez-vous ? Lefort ou Langlois ?

Le Corse rougit.

— Nous ne sommes pas aux ordres de M. Langlois, dit-il.
— J'espère bien.

Xavier les salua et poursuivit son chemin. Xavier se donna le temps d'observer l'alentour. La voiture de flics était garée un peu plus haut, sur un passage clouté.

Xavier descendit dans la bouche de métro. Direction son appartement.

Santoni filochait Xavier toujours prudent. Il cherchait aussi les hommes de Langlois mais n'en vit pas. Plus discrets, à moins que ce ne soient les flics eux-mêmes qui faisaient deux rapports au lieu d'un.

Quelques minutes plus tard, Xavier sortait du métropolitain.

XXVI

Une frêle silhouette se trouvait en face de lui, à dix mètres. Elle avait exactement les mensurations qui l'excitaient. Longues jambes, mini-jupe tendue sur des hanches minces, un chemisier gonflé par la poitrine.

À part le sac rouge et la tache sombre du visage, tout était blanc scintillant. Même les cheveux, ultra décolorés, furieusement crêpés, étaient blancs.

La silhouette vint à la rencontre de Xavier en ondulant. Elle se colla contre lui et l'enlaça. Il fut aussitôt noyé dans un parfum lourd et poivré. C'était Jade.

— Bonjour, mon chou.

La voix douce, léger accent faubourien, formait un saisissant contraste avec la féminité agressive de la poitrine qui s'écrasait sur la sienne. Mais ça aussi, c'était un détail qui le rendait fou.

Il fournit un effort pour se contrôler et avala sa salive.

Elle semblait bien connaître ses faiblesses. L'exhibition, impeccable techniquement, dura trois bonnes minutes. Doucement, Jade présentait tout ce que Xavier voulait voir. La poitrine d'abord, pointue et ferme, puis les fesses, et enfin le ventre qu'elle vint frotter en gigotant. En même temps, elle lui parlait. Elle connaissait aussi le pouvoir de sa voix. Et elle se mit à le tutoyer. Chose qu'elle n'avait jamais fait.

— Tu m'as fait attendre, commença-t-elle sur un ton de reproche. Tu m'avais bien dit midi juste au téléphone ?

Xavier remonta ses lunettes de soleil sur son nez, d'un geste machinal, et il enfonça les mains dans ses poches avec un soupir de satisfaction. Il avait l'allure du businessman arrivé. Costume de chez *Cerruti* très discret.

Les yeux de Xavier, dilatés derrière ses verres, dévoraient le ventre qui s'agitait toujours à un mètre de lui.

— J'ai été retardé, dit-il avec effort.

Jade fit saillir ses seins entre ses avant-bras. Elle souriait toujours, triomphante. Ravie de mesurer son pouvoir.

— Tu es verni de me trouver encore là, reprit-elle.

Xavier se racla la gorge :

— Merci, dit-il. Maintenant, tu viens on va déjeuner comme promis.

Jade rabattit sa mini-jupe. Elle lui prit la main droite. Ils marchèrent main dans la main jusque chez lui. Il ouvrit la porte et la laissa entrer première. Elle n'hésita pas. Elle franchit le seuil et pénétra directement dans l'appartement et s'installa dans le salon.

— Et si je commandais le déjeuner chez le traiteur d'à-côté ?
— En vérité, je n'ai pas très faim.

Elle hésita avant de suggérer, timide.

— Si tu veux, je peux préparer quelque chose de simple. Une omelette ou des spaghettis, par exemple.

Il lui sourit.

— Des spaghettis ? Quelle bonne idée. Mais je ne veux pas que tu te sentes obligée.
— Pas de problème.

Secouant la tête, elle ouvrit le réfrigérateur pour en inspecter le contenu : deux paquets de pâtes fraîches, de la crème, des œufs et du saumon fumé. Tout ce qu'il fallait pour préparer un bon repas.

Quand Xavier la rejoignit, elle avait mis l'eau des pâtes à chauffer, battu les œufs avec la crème et coupé le saumon en petits morceaux.

S'approchant d'elle, il regarda par-dessus son épaule.

— Mhmm ! Ça sent délicieusement bon !

Puis, gagnant l'armoire à vin il en sortit une bouteille.

— Je pense que ce blanc accompagnera bien le saumon… Cela te va si nous mangeons dans la cuisine ? s'enquit-il.
— Bien sûr.

De hauts tabourets très confortables flanquaient le large comptoir où ils prenaient leur déjeuner. Jade entendit Xavier ouvrir la bouteille de vin.

La cuisine était chaleureuse, accueillante, on y était bien. Une sensation de profond bien-être l'envahit.

— Tu as besoin de moi ?
— Non, dit-elle en mettant les spaghettis dans l'eau qui bouillait.
— Eh bien, nous allons boire un coup.

Il s'installa sur l'un des tabourets. Le soleil inondait la cuisine, le vin dans son verre prit un éclat doré et il lui tendit le second verre comme elle prenait place en face à lui. Puis sans un mot chacun leva son verre.

Ensuite il se leva pour égoutter les spaghettis tandis que Jade battait une dernière fois la sauce qu'un bain-marie tenait au chaud.

Elle servait deux généreuses portions de pâtes dans deux grandes assiettes creuses avant de les arroser de leur accompagnement et les disposait sur le comptoir.

Elle reprit sa place.

— Je vais chercher du parmesan ce sera meilleur, lança Xavier.
— OK.

Ce fut un bon repas simple mais efficace. Elle qui n'avait pas faim se surprit à manger de bon appétit, et quand Xavier sortit de la glace à la framboise du réfrigérateur, elle ne dit pas non.

Ensuite, ils gagnèrent le salon pour boire le café.

Spontanément, Jade s'assit à côté de Xavier. Tout semblait si simple entre eux. Se calant contre le dossier du canapé, elle replia les jambes sous elle — une position qu'elle affectionnait. Elle s'aperçut alors que Xavier avait étendu son bras derrière elle.

Alors, en un mouvement très naturel, il l'attira plus étroitement. Elle nicha la tête au creux de son épaule. Elle était si bien, lovée dans la chaleur de son corps viril.

Tu devrais te déplacer, lui murmura une petite voix dans sa tête. Elle n'en fit rien, heureuse de sentir la douce chaleur de l'avant-bras de Xavier contre sa nuque.

Xavier la tenait par les épaules, et il l'attira plus étroitement encore. Jade s'abandonna. Xavier l'embrassait.

Sa langue dansait dans la sienne, il avait glissé une main sous sa nuque et de temps en temps il reprenait son souffle en murmurant des mots doux. Un feu intense s'était allumé au plus profond d'elle-même.

Xavier, après s'être dégagé, glissa du canapé pour la soulever dans ses bras. L'instant d'après, il la portait dans la chambre.

Il s'allongea sur le grand lit à côté d'elle, puis lui prit le visage entre les mains et plongea dans ses yeux et reprit sa bouche.

Alors, délibérément, elle se laissa aller, permettant à Xavier de lui ôter son haut, puis d'explorer son corps, avec ses yeux d'abord, puis avec ses mains... Elle tressaillit quand ses paumes très douces moulèrent la rondeur de ses seins, puis glissèrent le long de ses hanches avant de remonter jusqu'à sa taille pour la soulever à demi et l'enserrer avec ardeur.

La bouche de Xavier ne quittait pas la sienne, la dévorant, l'explorant, déchaînant en elle une magie d'émotions. Jamais elle n'aurait cru pareil embrasement possible, et pourtant elle le vivait ! Il l'embrassait, la caressait, l'entraînait vers des contrées enchantées qu'elle n'avait jamais explorées.

Le brasier en elle se déchaîna, presque douloureux, quand après s'être débarrassé de sa mini-jupe, il s'allongea sur elle. Il était chaud, son parfum épicé lui tournait la tête, elle effleura des mains ses muscles puissants. Du genou, il lui écarta doucement les cuisses. Puis il posa les mains de part et d'autre de son visage et se releva à demi. Alors, Jade entrevit, au-dessus d'elle, le membre de Xavier prête à la pénétrer. Soulevant les hanches, elle alla à sa rencontre. Il entra en elle lentement. Quand il fut en elle, il s'immobilisa un instant. Elle était heureuse. Soudain elle ne put se retenir de crier avec la sensation qu'un feu d'artifice explosait dans son ventre, une sensation brûlante, merveilleuse... Tous ses muscles étaient tendus à se rompre, le souffle lui manquait, elle était extatique.

Dans les bras l'un de l'autre, leurs deux corps encore enchevêtrés après la fièvre de l'amour, Xavier nicha son visage au creux de l'épaule de Jade.

Ils s'endormirent.

<h1 style="text-align:center">XXVII</h1>

Calvi conviait Barani à le rejoindre dans sa résidence de *Rambouillet.*

À la demande de Pierre, Vivianne l'y conduisait. Le soleil cognait fort. De bonne humeur, ils s'enfilaient dans la voiture. Elle empruntait la rue *Legendre*, tournait à droite sur la rue de *Rome*, continuait sur le boulevard *Péreire*, tirait droit sur le boulevard *Malesherbes* pour rejoindre le boulevard *Périphérique* par la porte d'*Asnières*. Elle roulait maintenant sur l'autoroute de *Normandie*. Elle sortait sur la *Nationale 10* et se dirigeait sur *Rambouillet*.

À l'orée du grand village et en lisière de forêt, se nichait une propriété pleine de charme. C'était un ancien moulin du XVIIIe, sous lequel coulait la *Remarde*. Elle s'élevait sur trois niveaux et dominait son parc de 7000 m² environ.

La maison en elle-même était grande près de 500 m². Elle se composait de dix pièces dont six chambres, une grande cuisine dinatoire, un salon et trois salles-de-bains.

Un petit appartement indépendant se trouvait en rez-de-jardin. Une buanderie, une cave à vins, un bûcher, un garage pouvant contenir quatre voitures complétait cette partie.

Un autre bâtiment, une grange du XVIIIe siècle, de 350 m² environ, avait été aménagée et se composait de sept pièces, une cuisine, une salle-de-bains ainsi que d'un grenier de 150 m². L'ensemble formait un tout harmonieux dans une atmosphère bucolique et verdoyante.

Vivianne s'avança au plus près de l'entrée cernée par un mur et un portail en bois verni avec un interphone doublé d'une caméra.

Quand Pierre et Vivianne se furent annoncés, il y eut un bourdonnement métallique et le portail s'ouvrit, commandé à distance depuis l'intérieur.

Ils roulèrent sur la longue et large allée et retinrent de justesse un sifflement d'admiration.

Le jardin dans lequel ils se trouvaient avait les dimensions d'un véritable parc. Il fallait parcourir une vingtaine de mètres pour atteindre l'entrée de la maison proprement dite. Vivianne s'arrêta devant la porte nichée en haut d'un imposant escalier de pierre. Sur le seuil apparut Calvi. Il portait une robe de chambre qui lui descendait jusqu'aux pieds. Ces derniers étant enveloppés dans des pantoufles de cuir verni. Vivianne et Pierre s'arrêtèrent quelques instants pour contempler la majestueuse demeure. À la cime des escaliers, Calvi leur tendit une main à l'annulaire de laquelle brillait une chevalière armoriée.

— Je t'attendais Pierre. Tu es en charmante compagnie. Bonjour Vivianne. Entrez vite.

Calvi poussa la porte du salon.

— Installez-vous, je vous en prie, fit le maître des lieux en leur désignant les deux fauteuils les plus proches de la cheminée. Prendrez-vous un breakfast ?

Pierre et Vivianne déclinèrent, mais acceptèrent une tasse de café.

— Je vais aviser la cuisinière de vous préparer du café.

Un silence gênant s'installa entre Calvi et ses invités.

Quelques minutes plus tard, une soubrette vêtue d'un petit tablier blanc servit le café avant de disparaître.

Pierre en avala une gorgée après avoir soufflé dessus. Vivianne le but également. Pendant ce temps Calvi fumait un cigare devant la porte-fenêtre. Tout cela dans un silence de cathédrale. Vivianne parcourait du regard la pièce qui l'impressionnait. Un des murs était couvert d'étagères contenant des ouvrages de fiction ainsi que de référence. Calvi avait toujours été amoureux des livres et sa bibliothèque bien garnie. Les boiseries et les rideaux de velours marine conféraient un aspect feutré à la pièce qui restait somme toute chaleureuse. Sur le manteau de la cheminée se trouvait un portrait d'une femme sans doute sa mère.

Soudain Calvi se retourna et s'approcha de ses hôtes. D'un coup d'œil rapide, il s'aperçut que les tasses étaient vides. Il s'empressa de fixer Vivianne.

— Nous avons à faire Pierre et moi, tu peux faire le tour de la propriété. Laisse-nous maintenant !
— Pas de souci… Quelle bonne idée ! Tu m'appelles Pierre quand on repart.
— Oui, oui, t'inquiète.

Elle se leva, salua Calvi de la tête avant de les quitter. Puis, elle prit la direction de la porte qu'elle referma aussitôt derrière elle.

— Bon, nous voilà seuls désormais.
— Oui Monsieur Calvi.
— Arrête avec tes Monsieur Calvi, appelle-moi Ange et tutoie-moi.
— Tu as apporté le plan ?
— Oui.
— Je me posais la question car je n'ai rien vu dans tes mains.

— Il est caché Ange.

Pierre tomba la veste de lin et la posa à plat sur le canapé. Il en déchira la doublure et sortit le plan qu'il étala sur la table du salon.

— Voilà Ange… C'est tout le dispositif de sécurité de la Galerie Van Lin… Et dessiné par l'ingénieur qui l'a installé.
— Dis donc, c'était pas un dessinateur international, ton ingénieur !
— On était à quatre pattes sur le plancher de la cellule de la *Santé*.
— Et, ça t'a pas paru bizarre que ce type te raconte tout ça, si facilement.
— Question d'ambiance !... Pour la première fois de sa vie, il était en prison pour un drame passionnel… Il pleurait, il était déprimé, il se raccrochait au premier type qui était gentil avec lui… Moi, je n'ai pas eu à le pousser beaucoup, je l'ai juste laissé glisser un peu, c'est tout. Et chaque jour, il m'en racontait un peu plus. Si tu veux, mon avis. Avec toute modestie, c'est l'affaire du siècle.
— Dis donc Pierre tout est hyper sécurisé. Tapis piégé à l'alarme. Rayons invisibles dans la plinthe reliés à l'alarme. Détection microphonique. Détecteur de chocs. C'est relié directement à la police.
— Comme je te l'ai déjà dit Ange, dans deux jours ils vont transporter tous les bijoux pour les emmener à New-York pour la journée de la joaillerie française… C'est déjà annoncé là-bas. Alors pour aller de la Galerie à l'aéroport, pour prendre le Paris-New-York, ils vont mobiliser la troupe et les blindés…
— Pour 500 millions, c'est sûr.
— Et si l'avion ne décollait pas à Paris !... J'ai eu une idée cette nuit. Pendant le chargement et pendant le transport la sécurité est au maximum. Une fois l'argent à l'intérieur de l'avion. Mission terminée. Les flics quittent le terrain. Ce qui veut dire que pendant les minutes qui séparent le chargement du décollage l'avion est sans surveillance. C'est là qu'on intervient.
— Faut voir.
— Faut réfléchir vite Ange !
— Tu penses à combien d'hommes pour ce coup ?
— Dix au maximum.
— Ce qui représentera des millions d'euros pour chaque homme… Dis donc Pierre, et pour les armes ?

— Je m'en occupe… J'aurai tout ce qu'il faut… Dix fusils d'assaut AK-47, dix gilets pare-balle… Grenades fumigène blanche à goupille, et dix *Desert Eagle*. On peut avoir tout ça pour demain mais il faut payer cash !

— Combien ?

— Cinq millions d'investissement.

— OK… Bon revenons à ton idée.

Ange se retourna et se dirigea vers le tiroir d'une armoire. Il en sortit une carte routière et revint vers Pierre.

— Montre-moi le parcours sur la carte.

— Regarde. L'entrée de l'aéroport est ici. Le convoi ne peut arriver que par là. L'avion sera stationné là. Une fois les passagers embarqués la passerelle est retirée… Nous on entre sur le tarmac. Fumigène. On récupère les valises. Et voilà l'affaire est faite.

— Une fois l'alerte donnée on peut tomber à tout moment sur un barrage.

— C'est là que j'ai eu une deuxième idée.

— Dis donc tu moulines la nuit toi !

— On quitte Orly, on fonce sur Ablon sur Seine. On descend le chargement dans des bateaux. Sur l'eau ils ne pourront pas nous suivre et nous arrêter. On se sépare en deux groupes et on part vers le nord. J'ai calculé on met sept minutes pour rejoindre notre point de chute. On en met trente à quarante dans la vue aux flics.

— Elle est bien ton idée Pierre.

— Ça va être un beau coup et on va le faire ensemble. Tu as les épaules. Les hommes t'écouteront.

— Ange, le transfert est dans deux jours !

— C'est pour ça qu'à partir d'aujourd'hui il faut rester planqué.

— Pour les hors-bords on fait comment ?

— Je m'en occupe. Deux de mes gars les mettront en place juste deux heures avant le coup pour que ça n'attire pas l'attention.

— Pour transporter le matos, il va falloir des 4X4.

— Combien ?

— Trois ça serait bien.

— OK. Mes gars vont t'en dégoter trois.

— Ce sera parfait.

— Bon maintenant nous allons fêter ça. Tu vas rester déjeuner et passer deux jours ici avec Vivianne. Ya pas de soucis.

— OK Ange.

Pierre téléphona à Vivianne. Justement, elle parvenait jusqu'au long mur de pierre qui encerclait toute la propriété et revenait. En moins de deux, elle rappliqua et ne stoppa que près de la terrasse ombragée. Qu'il faisait soif. Et que l'atmosphère était lourde.

— Vous prendrez quelque chose ? suggéra Ange.
— Oui je veux bien, répondit Pierre.
— Moi aussi, lança Vivianne.
— *Muscadet* ?
— Oui très bien.

Nancy, la soubrette, entra dans le salon avec un plateau d'argent dans les mains. Lequel supportait des verres en cristal de *Bohème*, un carafon lui aussi en cristal, contenant de l'eau très fraîche, et une bouteille de *Muscadet*, la boisson préférée de Calvi.

Elle versa du *Muscadet* dans trois verres. Elle approcha le plateau. Calvi, oubliant vite les mondanités, se servit le premier et fit tournoyer les cubes glacés qui tintèrent.

Il but en claquant la langue.

— Une bonne bouteille de *Muscadet* bien fraîche c'est bon !

Pierre avala une large gorgée et reposa son verre. Quant à Vivianne elle portait le verre à ses lèvres avec délicatesse.

XXVIII

Dans l'après-midi trois énormes pick-up étaient en route.

Avant Rambouillet, il y avait des barrages policiers sur les routes. Ce cirque durait depuis le matin même. De leur trottoir, d'autres hommes en uniforme, mitraillettes en sautoir, surveillaient les opérations. Prêts à tirer. Fallait pas chercher à filer sans obtempérer ! Nerveux, une giclée de bastos serait partie aussitôt.

L'un d'eux se recula, leva le bras et s'approcha du premier véhicule.

— Gendarmerie Nationale, votre permis ? Qu'est-ce qu'il y a là-dedans ! Montrez votre carte grise, etc…
— Les trois véhicules sont à moi.

Il fit le tour des trois monstres et inspecta l'intérieur.

— Ça va, dit-il aux trois conducteurs qui retournèrent à leur volant.

Le gendarme salua et le convoi repartit pendant que les gendarmes s'attaquaient à la voiture suivante.

Dix minutes plus tard, les pick-up cessant de longer les chasses présidentielles s'engouffraient, peu avant *Poigny-la-Forêt*, dans la propriété du daron.

Debout sur le perron Calvi et Pierre les attendaient.

Deux heures plus tard, un camion arriva. Il était chargé d'armes et autres petits joujoux.

Tous les hommes étaient là maintenant, répartis dans les chambres. Calvi fit les présentations.

Pierre ne souhaitait que Vivianne reste ici. Il ne voulait pas la compromettre dans cette affaire. Elle repartait donc seule à Paris.

Après le souper, Pierre décida d'aller faire un tour dans l'immense jardin.

Nancy était sortie un peu plus tôt.

Elle était parvenue jusqu'au long mur de pierre et s'apprêtait à revenir vers la maison, lorsqu'elle tombait sur Pierre. À l'abri du gros noisetier qui l'empêchait d'être vue du visiteur, ses yeux s'étaient écarquillés de stupeur. Juste avant de se mettre à pétiller d'une excitation encore inconnue.

Pierre, au milieu d'une minuscule clairière naturelle, le pantalon largement ouvert, finissait d'uriner, en sifflotant un petit air vif et gai. Dissimulée à moins de cinq mètres de lui, Nancy avait une vue imprenable sur son intimité, qu'il agitait négligemment dans sa main droite. Dessous, elle pouvait aussi distinguer deux belles boules lisses.

Elle avait fait un pas de côté de façon que Pierre s'aperçoive de sa présence. Tout en se demandant qu'elle allait être sa réaction. En fait, elle s'attendait à le voir se rajuster précipitamment et se sauver sans doute horriblement gêné d'avoir été vu par la soubrette en une situation pareille.

Elle fut donc assez surprise de voir un sourire tranquille éclairer le visage viril de Pierre. Qui, loin de se reboutonner, se tourna franchement face à elle.

Et les mouvements de sa main changèrent aussitôt de nature et de rythme.

Soudain, comme si elle avait pris le contrôle de son esprit, ses jambes se mirent à avancer toutes seules dans sa direction, qui continuait de lui adresser le même drôle de petit sourire sûr de soi.

Lorsqu'elle fut juste devant lui, avec une tranquille autorité virile, Pierre lui saisit doucement le poignet et posa sa main douce sur son membre.

Elle s'ébroua mentalement pour sortir de sa rêverie érotique

Il lui saisit une nouvelle fois le poignet et lui lança un *ça suffit maintenant* !

Il remit en place son pantalon et reprit son chemin. Elle continua de son côté comme si rien ne s'était passé.

Une demi-heure plus tard, Pierre prenait possession du petit appartement séparé de la demeure. Il en referma la porte et poussa un soupir de soulagement. Tout s'était bien passé. Il pénétra dans la chambre, entièrement composée dans les teintes crème et noir, et dont les murs s'ornaient de gravures et d'estampes du XVIIIe siècle. Il jeta un coup d'œil rapide à la pendulette trônant sur une petite commode à tiroirs incrustés de nacre. Il était vingt-trois heures cinq.

XXIX

Sept heures, l'heure du petit déjeuner.

Pierre arriva le premier dans la salle à manger. Calvi était planté près de la fenêtre ouverte. Il avait avalé son bol de café noir et seulement quelques tartines de pains beurrés avec de la confiture.

Quand Pierre surgit dans la pièce il fumait une *Craven A*.

Nancy était dans les pas de Pierre, une cafetière bien chaude à la main. Elle versa le café dans une tasse de porcelaine blanche tandis qu'il saluait Ange dans un nuage de fumée qui le fit tousser.

Pierre vint s'asseoir et trempa une tartine beurrée dans sa tasse et l'engloutit. Il fit de même avec une seconde et avala une grande gorgée de café. Il recommença avec une troisième et vida la tasse.

C'était à ce moment que le reste de la troupe fit son entrée. Les hommes saluèrent Ange et Pierre les uns après les autres et prirent place à table.

Dans la demi-heure qui suivit tous étaient prêts.

163

Il était temps de partir. Dehors le ciel était d'un bleu azur. Il faisait déjà chaud. La température avoisinait les 25°. Les hommes, tous vêtus de noir, chargeaient le matériel dans le coffre des pick-up.

Il fallait se mettre en route. Les véhicules démarraient. Et prirent la direction d'Orly en bonne marche.

*

* *

Pendant ce temps à la Galerie Van Lin on s'activait pour boucler les valises pleines de bijoux.

La Galerie passait avec raison pour être l'une des plus célèbres de la rue du *Faubourg Saint-Honoré*. Ses vernissages y attiraient les mêmes clowns : Le Tout-Paris de la peinture, des Arts, des Lettres et autres concetés. Sans oublier, bien entendu, les éternels resquilleurs et autres pique-assiettes, qui coffraient avec classe. Dans le fond, c'était eux les véritables artistes ! L'assemblée déjà nombreuse se scindait en plusieurs blocs. L'élite parisienne, après avoir pour habitude de saluer Van Lin, le propriétaire, papotait, dégoisait à qui mieux mieux. Une partie louait exagérément les œuvres exposées, l'autre estimait qu'elles étaient moins bonnes que celles de l'année passée. Mais, dans le fond, tous s'en branlaient. La peinture ou les autres œuvres pour eux n'était qu'un hors d'œuvre ! Leurs vraies préoccupations restaient les ragots, les coucheries, les coups de Jarnac. C'était à qui avait l'âme la plus putassière.

Cette fois, Van Lin avait fait fort avec cette exposition de bijoux exceptionnels d'une valeur inestimable. Et, il était le premier à avoir ouvert ses portes pour exposer ces magnifiques brillants. Avant même les Américains. Il avait joué un sacré coup !

C'était ce jour-même qu'ils transféraient les collections pour New-York. Van Lin était aux cent coups.

Un à un les joailliers rangeaient leurs collections dans des écrins. Huit, ils étaient. La crème des crèmes : *Clerc, Boucheron, Cartier,*

Chaumet, Albuquerque, Van Cliff et Arpels, Mauboussin et *Harry Winston.*

Tous gîtaient place *Vendôme*, rue de la *Paix* et autres secteurs où les H.L.M. ne poussent pas. Chacun d'eux portait leurs mallettes renforcées par des chaînettes de sécurité.

Le convoi policier, précédant un fourgon blindé, s'arrêtait pile devant la porte de la Galerie.

Six motards de la route, casqués et bottés vinrent se poster sur le flanc du convoi. Ils demeurèrent sur leurs engins, un pied à terre, moteur au ralenti. Tout était chronométré, car trois secondes après les joailliers décarraient les mallettes en main.

Les flics surveillaient les environs et les escortaient du regard quand ils traversaient le trottoir. L'arrière du fourgon s'ouvrit à demi et ils entraient avec leurs précieux chargement. Les mallettes étaient maintenant toutes à l'abri.

Un claquement de portière suivi d'un bruit sec de verrouillage intérieur et le convoi s'ébranla.

Il encadrait le fourgon qui transportait les bijoux. Deux *Kangoo* à l'avant et deux à l'arrière, avec les portes arrière ouvertes. Les policiers, lourdement armés de mitraillettes et pistolets, quittaient à l'heure prévue la Galerie pour rejoindre le périphérique. Et atteindre l'aéroport d'Orly.

*
* *

En dépit de l'heure, Orly dégorgeait de ses entrailles, des voyageurs provenant de tous les points du globe.

En surveillance Andrea, un homme à Calvi était déjà sur place. C'était un Corse. Il se curait les ongles avec une allumette. Il exhibait un rutilant complet de couleur rouille avec des rainures blanches qui lui donnait l'allure d'un Julot. Sa voix chaleureuse, ensoleillée, son allure décontractée, lui valaient de nombreux succès près des femmes, planquait dans l'aérogare.

À l'extérieur, les employés et bagagistes s'affairaient autour des avions qui semblaient écraser le sol de leur masse énorme.

Les pick-up arrivaient à l'aéroport et se plaçaient immédiatement derrière le grillage qui encadraient les pistes. Un avion venait se placer sur la piste. C'était celui qui allait transporter les bijoux à New-York. La passerelle venait d'être avancée.

Ange assis à l'avant du premier véhicule reçu dans une oreillette un message d'Andrea *l'embarquement vient de commencer*.

Dans la foulée, les fourgons de police arrivèrent sur le tarmac. Le timing était respecté. Les policiers armés jusqu'aux dents protégeaient le véhicule blindé.

Andrea annonçait dans l'oreillette *ils viennent d'arriver*.

La concentration était à son maximum dans les pick-up.

De l'autre côté, la porte du fourgon blindé venait de s'ouvrir. Trois hommes lourdement armés en descendaient.

La première valise allait être extirpée de la carapace d'acier.

Le troisième message d'Andrea : *ils vont charger*.

Au pied de la passerelle, les flics faisaient la haie, flingues prêts à ramener à l'ordre d'improbables agresseurs. Celui qui les drivait fit signe aux convoyeurs d'ouvrir l'arrière du fourgon. Un à un les joailliers descendaient.

Les valises se succédaient sur le tapis roulant qui les emmenait à l'intérieur de l'avion.

Le quatrième message : *Lefort et Marquet sont là dans l'aérogare. Ils sont conduits par le responsable de la sécurité dans la tour de contrôle. Qu'est-ce qu'on fait ?*

On continue répondit Ange.

Désormais Lefort et Marquet étaient à l'intérieur de la vigie. Celle-ci, grâce à ses parois vitrées permettait d'avoir une vue totale et directe sur les aéronefs évoluant sur l'aérodrome et aux abords. Elle était identifiée *Orly Tour*. Les voitures de piste communiquaient bilatéralement avec la tour. Elles permettaient le guidage des avions au sol.

Lefort et Marquet étaient accueillis par le chef de la tour.

— Les caméras donnent aussi sur l'extérieur ? demanda Lefort.
— Bien sûr, répondit le chef... Nous devons surveiller l'envol des oiseaux avant chaque décollage.

À l'extérieur, les joailliers terminaient le chargement des mallettes dans l'avion. Une fortune colossale était désormais dans le ventre du *Boeing*. La porte était refermée.

Maintenant, l'avion roulait doucement.

Cinquième message *ils s'en vont...* L'avion commence sa manœuvre.

Lefort inquiet demanda.

— Mais ils sont où ?
— Qui ? répondit le chef.
— Comment ça qui ? Les gars du *GIPN*, ils sont où ?
— Par mesure de sécurité ils évacuent la piste après que l'avion a été chargé. C'est la procédure.
— Bien... Marquet faites revenir les hommes immédiatement !

Marquet se saisit immédiatement de son poste radio et demandait leur retour immédiat à l'aéroport.

Le chef du *GIPN* répliqua sèchement : *Pour nous procédure terminée.*

On est attendu ailleurs !

Marquet insista.

— Vous ne quittez pas le périmètre des pistes tant que l'avion n'est pas dans les airs, c'est clair ?

Dans le même temps Pierre et Ange donnaient le top départ. Les hommes enfilaient leur cagoule noire. Lisandru, encore un Corse descendait du pick-up et se glissait jusqu'au grillage.

Andrea vit revenir les voitures de police toute sirène hurlante. Il donna l'alerte : *Les flics, le GIPN, ils reviennent.*

Ange donna de la voix dans son talkie-walkie : *tenez-vous prêts !*

Andrea se mit à courir. Fonça à l'extérieur, monta dans la voiture qu'il avait laissée sur le parking, mit le contact et enfonça à fond la pédale de l'accélérateur. Les pneus crissaient sur le bitume. Maintenant, il roulait vite, même très vite. Cinq cents mètres plus loin face à lui les véhicules du *GIPN* revenaient.

Andrea fonçait sur eux sans ralentir. Le choc avec le premier véhicule fut inévitable.

Désormais, deux véhicules se retrouvaient au milieu de la chaussée sévèrement endommagés. Pas de blessé. Mission accomplie. Le convoi était retardé.

Au même moment, Lisandru découpait le grillage. Il fit une large ouverture. Le trou béant permettait aux véhicules de foncer sur l'avion.

De la tour de contrôle Lefort et Marquet aperçurent rapidement l'arrivée des pick-up sur le tarmac. Affolement général. Ils prirent leurs jambes à leurs cous. Descendirent de la tour. Avalèrent les escaliers. Traversèrent les longs et larges couloirs. Rejoignirent en courant le hall et débouchèrent derrière les portes d'embarquement. Des passagers ne comprenant pas ce qui se passait se mirent à hurler. Les hôtesses les rassurèrent.

Sur la piste, Pierre et Ange descendirent les premiers de leur véhicule. Les hommes armés les suivaient et encerclaient l'avion.

Pierre hurla *bloquez les issus !*

Une première fusée, dégoupillée et lancée, incendia les pneus avant de l'avion. Un véhicule s'engouffra sous l'aile de l'avion. Lisandru en descendait, montait sur le capot puis sur toit et accédait à la porte de la soute à bagages. En deux secondes il tourna la poignée et la porte s'ouvrit. Il pénétra à l'intérieur des entrailles de la carlingue armé d'une scie. Il en fit tourner la lame et découpa les grilles d'acier qui enfermaient les valises.

Pierre faisait les cent pas en surveillant les alentours pistolet à la main. Soudain les premières sirènes de police se firent entendre.

Il hurla *les fumigènes, vite…*

En moins d'une seconde les goupilles sautèrent et la fumée envahissait l'atmosphère. Elle faisait écran.

Pierre appela un de ces hommes Vito, toujours un Corse.

— Prends quelqu'un avec toi et occupe-toi des passagers.

Lefort et Marquet arrivaient essoufflés sur le tarmac.

Ils avançaient à pied sur la piste leur arme à la main. La fumée devenait épaisse et prenait à la gorge. Ils progressaient difficilement. Des passagers à même le sol étaient pris en charge.

Lefort pistolet au poing lança à un de ses hommes.

— Vous ! Relevez cette femme et allez la mettre à l'abri !

De son côté Pierre hurla.

— Ne tirez pas ! Des passagers sont sur la piste !

Lefort avançait doucement au milieu des grenades qui explosaient. Il criait.

— Personne ne tire sans mon ordre !... Compris… Faites-les évacuer ! Allez les mettre à l'abri… Marquet prends des hommes avec toi et bloquent les là-bas !

De son côté Pierre reculait et lançait.

— Couvrez-moi !

Des renforts de police arrivaient. Un *Kangoo* fonçait face à l'avion. Des balles volaient près de Pierre. Du plateau du pick-up, il se saisissait d'un lance-roquette qu'il chargeait et visait précisément l'avant du véhicule. Il voulait que la charge explosive atteigne le *Kangoo* au bon moment. Il pressait la détente et regardait la roquette filer dans un sillon de fumée. Il touchait parfaitement la cible : le *Kangoo* leva le nez vers le ciel, puis se renversa pendant que le moteur explosait.

Lefort était sur le cul. La situation dégénérait.

Mais il n'y avait pas qu'une seule voiture. Il y en avait trois de plus. Pierre tira une deuxième roquette, touchant le véhicule en plein mille. Le projectile fit exploser la fenêtre côté conducteur tuant le pilote sur le coup dans un enfer de flammes en envoyant tourner le *Kangoo* de façon incontrôlable, jusqu'à ce que le moteur explose.

À l'approche du troisième véhicule, Ange intervenait pour appuyer les tirs de Pierre. Il sortit une mitraillette de l'arrière d'un pick-up et commençait à tirer. Les policiers pilèrent et sortirent du véhicule, à l'abri derrière leurs portières ouvertes.

Pierre et quelques hommes attrapaient des grenades et les jetaient par-dessus les véhicules qui arrivaient en renfort, à l'aveuglette, mais certain de toucher leurs cibles. Ils voyaient les explosions. Des débris volaient.

Maintenant les mallettes étaient chargées sur le plateau du pick-up. Les hommes remontaient les ridelles. Il fallait déguerpir au plus vite.

Exposé aux balles des policiers tout le monde reculait.

Lefort et Marquet ripostaient tant bien que mal. Les malfaiteurs remontaient dans les véhicules en lançant des fumigènes. Les policiers ne pouvaient plus tirer tant la fumée était dense et épaisse. Un véritable écran protecteur. C'était trop risqué pour faire feu. Des passagers étaient recroquevillés sur le sol.

On entendait les pick-up s'éloigner. Ils franchissaient le trou béant dans le grillage. Pour empêcher la poursuite des policiers Ange demandait qu'on laisse un véhicule en travers collé juste devant le trou.

Maintenant, deux pick-up roulaient à grande vitesse en direction d'Ablon sur Seine. Quelques minutes plus tard, ils s'arrêtaient sur un chemin de terre sablonneuse. Les mallettes étaient descendues et transvasées dans les bateaux.

— Dépêchez-vous les gars ! lança Pierre en criant pour couvrir les rugissements du moteur hors-bord.

Ils s'éloignèrent de la rive et longèrent Ablon sur Seine, puis coupèrent la ville.

Pendant ce temps, Lefort et Marquet avaient perdu la trace des malfaiteurs. Toutes les routes étaient bloquées sur 100 km alentour. Ils retournaient à Paris.

Pendant ce temps, les hors-bords filaient sur la Capitale. Le bateau de tête venait d'effectuer une grande boucle pour virer de bord, Calvi distingua devant lui, l'immense antenne de la *Tour Eiffel*. Chaque seconde les rapprochait de Paris. Les bateaux longaient l'*avenue de Flandre* et la place de la *Bataille-de-Stalingrad*, croisaient la rue de *Soissons*, le *passage de Flandre*, la rue de *Rouen*, la rue *Riquet* et la rue *Duvergier*. Ici, ils stoppaient les moteurs.

Trois voitures les attendaient. Pierre s'engouffrait dans la première avec trois hommes et Calvi dans la seconde accompagné de trois hommes également. Chacun avait la moitié du trésor. Le reste de la troupe s'était entassé dans la troisième berline.

Il fallait filer vite !

Plus loin, les voitures stoppèrent et Calvi donnaient ses ordres.

— Les gars planquez-vous en France ou à l'étranger !... On se retrouve ici même dans un mois.

Les gars se disséminaient dans les planques qu'ils connaissaient.

Pierre et Ange avaient rassemblées les mallettes dans une seule voiture. Désormais, ils filaient chez un fourgue pour livrer leur gros butin. Au coin d'une rue ils pénétraient dans une cour sombre. Une porte en bois s'ouvrit. Une silhouette se tenait droite devant les deux complices.

C'était un homme, un Belge d'une cinquantaine d'année, au visage flétri, le corps cassé par une sciatique. Ange et Pierre déposèrent les mallettes.

Aussitôt les bijoux étaient étalés sur le lit.

— Je n'en ai jamais vu d'aussi beaux lança Van de velde, le Belge.

Il prenait les colliers, les bracelets, des bagues constellés de diamants. De temps en temps il tombait en arrêt devant une bague ou un collier. Il le lorgnait un instant sous sa lampe oculaire qu'il portait en permanence suspendue au cou. Il triait les bijoux sans trop savoir pourquoi. C'était son habitude. Il pratiquait ainsi depuis toujours. Son tri effectué, il se leva et s'installa à une table en formica, située à côté du bureau. Ange connaissait le cérémonial. Pendant plusieurs heures, il allait dessertir les pierres pour vérifier si la monture ne masquait pas un éclat. Il farfouillait dans ses fioles d'acide et pesait les diamants. Pendant ce temps il ne parlait pas. Ange et Pierre attendaient patiemment qu'il finisse son travail.

Van de velde se leva et regagna le bureau.

— Je n'ai jamais vu autant de belles pièces. De toute ma vie c'est la première fois. Vous me laissez combien de temps ?

— Est-ce que 48 heures suffisent ?

— Ça ira. Voulez-vous une avance ?

— Inutile ! répliqua Ange. Mais nous aimerions que l'affaire soit conclue dans deux jours. Est-ce possible ?

— Elle le sera ! Après-demain… Ça vous convient ?

— OK.

Ils échangèrent une poignée de main et s'en allèrent.

XXX

Ce soir-là Jade était au club. Elle se préparait quand Vivianne fit une entrée fracassante.

— Jade, il faut que je te parle !
— Tout de suite ?
— Oui.
— Tu sais, je n'ai pas trop le temps. Le club va ouvrir ses portes dans une demi-heure et tu n'es pas encore prête... Moi non plus d'ailleurs, en secouant la tête... Bon vas-y !
— Voilà c'est un peu compliqué...
— Écoute crache le morceau et après on sera débarrassé...
— Oui, oui... Je crois que mon mec s'est mis encore dans de sales draps...
— Ah bon ?
— Oui, je pense qu'il a monté un coup avec Calvi.
— Calvi... Le patron ?
— Oui... Je t'explique... Avant-hier, j'ai emmené mon mec chez Calvi à Rambouillet. Entre parenthèse sa maison est pas mal au patron... J'ai tout de suite été mise à l'écart. Et là j'ai compris qu'ils manigançaient une affaire pas très nette tous les deux...
— C'est-à-dire ?
— Calvi parlait de millions, d'hommes, d'armes...

— Et ?

— Et rien… Et ce matin en allumant la radio, le journaliste parlait d'un braquage de bijoux à la Galerie Van Lin… Ça a fait tilt dans ma petite tête de linotte.

— Tu penses que c'est ton mec et Calvi qui auraient fait le coup ?

— Y a de grandes chances… Je sais que Pierre n'a jamais été un type clean mais de là à faire un coup pareil… Et qui plus est, évadé de prison il est recherché par toutes les polices de France.

— Bon, je crois qu'à notre niveau on ne peut rien faire ma chérie si ce n'est d'en parler aux flics mais je ne pense pas que tu veuilles y aller.

— Ah, non pas les flics !

— Pour le moment n'en parle à personne, je vais réfléchir.

Derrière la façade illuminée du club, les coulisses s'animaient. Chuchotements, frissonnements et séances d'échauffement pour les danseuses ; pirouettes et levés de jambes, pour capter les yeux éblouis du public.

Vers minuit, Xavier arriva dans un costume de couleur crème. Jade était à l'entrée et l'accueillit avec un grand sourire. Il l'embrassa longuement, goulûment. Elle l'embrassait également à pleine bouche.

Ça faisait deux jours qu'ils ne s'étaient pas vu. Elle avait très envie de lui. Elle l'entraîna dans l'arrière-salle. Elle était là devant lui. Elle l'embrassa goulûment, impérieuse, ravageuse et haletante déjà. Il n'avait pas eu le temps de dire quoi que ce soit. Il se trouvait face à un tsunami de désirs et de vie. Elle l'embrassait à pleine bouche, les dents s'entrechoquaient, les langues se dévoraient. Elle se redressa, reprit son souffle, le regard à la fois sauvage et énamouré, si follement énamouré. Puis, sans un mot, elle lui montra ses seins aux tétons écarlates afin de l'attiser un peu plus. D'abord l'un. Puis l'autre. Tout en tenant sa tête entre ses mains. Il les câlina des lèvres et du bout de la langue. Il les taquina, les aspira et les inspira, tantôt avec douceur et délicatesse, tantôt avec force et empressement. Elle se déculotta lestement. Lui baissa le pantalon. Et fit ce qu'elle devait faire. Et l'enfourcha d'un coup, voracement, comme une amante sauvage et affamée. Elle voulait jouir vite et fort. Elle voulait qu'il se répande en elle. Elle voulait qu'il jouisse. Elle voulait qu'il la désire encore et encore, à jamais et pour toujours.

Elle voulait qu'il ait envie d'elle. Elle voulait qu'il ait envie d'elle insatiablement. Comme jamais auparavant. Comme jamais. Et pourtant, elle a eu des amants. Mais jamais aussi désirants. Elle jouit. Elle avait joui très vite.

Ils reprirent leur souffle. Ils s'aimaient si forts. Un grand silence s'installa. Xavier ne savait pas ce qui se passait. Il la sentait troublée. Elle finit par balancer ce que Vivianne lui avait raconter quelques heures auparavant.

Xavier réfléchissait. Il marchait de long en large dans la pièce. Soudain il prit son téléphone et appela Lefort. À la deuxième sonnerie la communication était établie.

— Lefort ?
— Oui.
— Maréchal... J'ai peut-être des infos sur le braquage des diamants de la Galerie Van Lin.
— Ah oui ? Vous êtes où ?
— Au *Whisky Club*.
— J'arrive.

Puis, Jade et Xavier sortirent ensemble de l'arrière-salle et se séparèrent. Xavier traversa la salle, saluant au passage quelques connaissances. Il marchait d'une façon décontractée parmi les clients. Il pénétra dans un petit salon privé. Il s'assit dans un canapé rouge duquel il avait vue sur l'entrée.

Jade avait pris la direction du bar. Elle apporta une bouteille de *Champagne*. Le bouchon claqua comme un coup de feu et la boisson divine moussa dans une coupe de cristal.

— Qu'est ce qui se passe ?
— Rien. Juste du *Champagne*.
— OK... Et ?

Puis, elle lui tendit un *Havane* long comme un bras. Il présenta son barreau de chaise à la flamme d'une longue allumette qu'elle lui avança. Elle rejeta l'allumette tandis qu'il aspirait sur le cigare.

Jade emmena la bouteille entamée au bar et rejoignit son poste à l'entrée du club pour accueillir les clients. Elle était resplendissante. Elle avait pris la peine d'appliquer un peu de fard à joues et du rouge à lèvres qu'elle pressa l'une contre l'autre pour le répartir uniformément pour avoir l'air moins pâle. Elle avait appliqué du mascara, ses cils s'allongeaient et mettaient en valeur ses yeux. Elle avait coiffé rapidement ses cheveux. Elle avait vaporisé un peu de parfum sur ses poignets, à l'arrière de l'oreille et à l'intérieur de son décolleté. Son parfum floral chatouillait les narines.

Les "filles" de Calvi, vêtues de leurs plus beaux atours ou simplement en string pour certaines, attendaient l'arrivée des clients en bavardant et en rigolant. Ce moment de détente pouvait paraître étrange mais selon Ange, cela représentait la clé de l'harmonie qui régnait dans le club.

Les lustres judicieusement accrochés à différents endroits donnaient un aspect feutré aux salons. Des projecteurs avaient été placés afin d'éclairer les danseuses qui se produisaient sur la scène. Des lustres plus petits avaient été stratégiquement installés au-dessus du bar.

Xavier regardait l'heure sur sa montre. Il fumait le cigare, une coupe de *Champagne* dans sa main, buvait à petites gorgées le liquide pétillant.

Dans les salons privés, les serveurs vêtus de vestons courts, de pantalons noirs et arboraient un nœud papillon, circulaient entre les tables. On aurait dit une chorégraphie savamment orchestrée, ils portaient des plateaux chargés de verres sans rien renverser. Des cigarette girls, toutes vêtues d'une robe couleur argent, vendaient directement aux tables des paquets de cigarettes et des cigares aux clients de l'établissement.

Il avala le fond de sa coupe d'un trait. Il fit signe à un des serveurs de lui en apporter une autre.

Au même moment au fond de la pièce, il distingua Lefort qui entrait.

Jade l'accueillait comme tous les autres clients. Elle pointa du doigt Xavier. Lefort fonça droit devant lui.

Au même moment un serveur versait le vin effervescent dans la coupe vide.

— Bonsoir commissaire.
— Bonsoir Monsieur Marechal. Comment allez-vous ?
— Je suis en grande forme…
— Venons directement au but si vous le voulez bien.
— Eh bien voyez-vous Calvi tremperait peut-être dans l'affaire du vol des bijoux de la Galerie Van Lin.

Du bout des doigts il fit tomber la cendre du cigare.

— Et il semblerait aussi que le compagnon d'une fille du club y ait participé.
— Attendez ! On m'appelle… On en reparle plus tard… Je dois malheureusement vous quitter.
— OK… Vous n'en avez rien à foutre de ce que j'ai à vous dire.
— Vous viendrez me voir au 36.

Lefort se mit à l'écart un moment et raccrocha. Xavier était furieux. Son havane grésillait sous une grande succion.

Lefort prit la direction de la sortie et ne revint pas de la soirée.

Xavier vida son glass d'un trait et le reposa.

Ce qu'il ne savait pas c'est que plus tôt, une camionnette était venue se ranger face au club. Sur ses flancs jaunes était peint en noir :

DÉPANNAGE SERRURERIE.

Lefort et Marquet planquaient face au *Whisky club*.

— Désolé chef de vous avoir dérangé mais ça bouge beaucoup devant le club.

— Vous avez bien fait. Continuons la surveillance. Je verrai Marechal plus tard. Il finira bien par sortir de là et nous mènera peut-être sur la piste du dossier et du vol des bijoux.

Lefort et Marquet ne quittaient pas leur siège. Patiemment, ils attendaient, observaient la rue vivre. Un tuyau les avait branchés sur l'endroit ! Un truc con, enfantin, du tout-venant, celui sur lequel Lefort comptait, ce genre de petits trucs qui aident parfois la police à conclure. À l'intérieur du *Renault Trafic*, sur une table qu'éclairait une lampe pâlotte, était posé le dossier concernant le vol des diams. L'œil aux jumelles, Lefort suivait les allées et venues à l'entrée du club. De temps à autre, une voiture ou des passants, coupaient la vue des guetteurs. Lefort avait la bouche sèche. Il but un coup.

Fissa, Lefort revint aux jumelles, tandis que Marquet manœuvrait la caméra. Lefort attrapait le téléphone, pendant que son acolyte filmait et prenait photo sur photo. Lefort appela une voiture.

— Lefort à voiture Une.
— Une à chef… Chef, m'entendez-vous ?

Un grésillement puis, une voix fluette, rempilait :

— Chef, m'entendez-vous ?
— Je vous entends fort et clair.

Lefort enfonça une nouvelle fois le bouton.

— Fiat blanche FP 4777 EA va prendre votre direction. Ne la quittez pas. Accusé réception. Terminé.
— Bien compris, Chef.

L'œil aux jumelles Lefort appela une autre voiture.

— Chef à voiture Deux. Chef à Deux. Prenez contact avec Une et suivez Fiat blanche FP 4777 EA. Accusé réception. Terminé, déclara Lefort en allumant une *Gitane* qui le fit tousser.
— Bien compris Chef, fit une voix enrouée.

Lefort regarda Marquet qui dévissait un *Thermos* de café, prit un gobelet qu'il lui offrit, grogna de plaisir en avalant le café bouillant.

— Hum ! ça fait du bien, dit-il en reposant le gobelet.

Lefort s'était remis aux jumelles. Il se retourna une seconde pour consulter le dossier. Puis il se recolla aux jumelles. L'attente recommençait, monotone, éreintante. Les heures tombèrent de nouveau.

Cinq heures du matin. Le club fermait ses portes.

Sous leurs yeux, Jade, Xavier et Vivianne sortaient du club. Ils se dirigeaient vers une voiture. Téléobjectif, jumelles et caméras encadraient l'*Alpha* que Xavier avait louée.

Peu après le couple et l'amie émergea au volant de la sportive. Rapidement, Lefort enregistra la plaque de la bagnole et affranchit les voitures Une et Deux qui étaient revenues, pour qu'elles prennent la voiture en filoche.

On parfumait Lefort que l'*Alpha* virait brutalement et stoppait sec devant le domicile de Vivianne Ubré. Lefort demanda immédiatement à Marquet qu'il effectue une recherche sur Madame Ubré.

Xavier poursuivait sa route pour déposer Jade à son domicile. Mais il fut interrompu.

— J'ai décidé de faire dodo chez toi… Fait trop chaud chez moi.
— Tu veux dire que tu veux coucher chez moi ?
— C'est cela même…

Xavier fit demi-tour et rentra chez lui en compagnie de Jade. Elle bâillait, avait du mal à soulever les paupières. Apaisante la main de Xavier vint lui caresser les cheveux. Il la porta jusqu'au lit. Elle s'endormit aussitôt.

— Dors, ma biche, dit-il. Dors.

XXXI

Xavier s'était donné pour mission de mettre à l'abri Vivianne et Jade. Pour cela il fallait extraire Vivianne de son appartement et les planquer toutes les deux dans un lieu tenu secret. Il décida de les cacher chez Henri.

Il entra dans la chambre. Jade, nue comme un ver, dormait profondément. Xavier tapota légèrement sa joue. Elle ouvrit doucement les yeux. Xavier lui chuchota qu'il fallait se lever et partir.

Jade cligna des yeux ce qui signifiait qu'elle approuvait. Il l'embrassa goulûment. Elle se leva doucement et enfila une robe légère.

En même temps, Xavier retirait du coffre-fort le dossier compromettant. Il prit les clés de l'*Alpha,* et ouvrit la porte d'entrée qu'il retint pour ne pas la faire claquer. Un carillon retentit et l'ascenseur s'ouvrit dans un souffle. Tous deux s'y engouffrèrent. Xavier pressa le bouton du rez-de-chaussée avant de s'appuyer contre la paroi marbrée du fond. L'ascenseur descendit en silence. Il s'arrêta toujours aussi silencieusement et les portes s'ouvrirent. Ils en sortirent précipitamment pour se ruer vers la rue. Xavier appuya sur le bip qui déverrouilla les portes de l'Italienne.

Deux flics étaient là en surveillance dans une voiture garée plus haut. Xavier déposa le cahier dans la malle arrière et démarra si vite que les deux policiers n'eurent pas le temps de savoir quelle direction il avait pris.

Au 36, Lefort recevait la fiche de renseignement sur Vivianne qu'il lisait et relisait. Il n'eut cependant aucun mal à faire le rapprochement avec Barani. Il se colla immédiatement sur l'écran de son ordinateur et chercha son procès d'assises. À sa lecture la mémoire lui revint.

Lefort héla Marquet.

— Fonçons chez Vivianne Ubré… Demande un mandat au juge ! Bouge-toi tu dormiras demain !

Au même moment, Xavier et Jade arrivaient au 31 de la rue Dautancourt. Xavier monta seul au quatrième étage. Il toqua fort à la porte. Vivianne réveillée par le bruit se leva et s'approcha de la porte.

— Qu'est-ce que c'est ?
— C'est Xavier, ouvre-moi !
— Attends j'enfile quelque chose.

Elle s'enroula dans une serviette de toilette et ouvrit la porte.

— Mais qu'est ce qui se passe ?
— Habille-toi, faut filer d'ici ! Jade attend dans la voiture.
— OK.

Elle tourna les talons, enfila une robe et se donna un coup de peigne.

— Allez viens maintenant ! Assez perdu du temps !

Xavier la prit par la main. Ils dévalèrent les quatre étages d'escaliers, foncèrent dans le hall d'entrée, traversèrent la rue et s'engouffrèrent dans la sportive.

— Où m'emmenez-vous ?
— Chez un ami, artiste peintre. Jade restera avec toi.

— Bon… et pourquoi ?

— Parce que les flics vont venir te rendre une petite visite j'en suis sûr ! Ils sont déjà en bas de chez moi.

L'*Alpha* décolla presque quand Xavier accéléra.

Lefort et Marquet étaient partis sirènes hurlantes à l'adresse de la jeune femme. Quelques minutes plus tard, ils arrivaient rue *Dautancourt* avec un mandat de perquisition.

Ils avalèrent les quatre étages. Lefort appuya fort sur le bouton de la sonnette. Il insista fortement. Rien. Pas de réponse.

— Marquet fait venir un serrurier ! Vite !
— OK patron.

En l'attendant, Lefort et Marquet notaient qu'il s'agissait d'une porte blindée. Ils sonnèrent chez les voisins. Deux d'entre-eux furent désignés comme témoin de perquisition.

Le serrurier arriva et se mit tout de suite à l'ouvrage. Il perça les cylindres de la serrure. Trente minutes plus tard la serrure céda. Lefort et Marquet investissaient les lieux sous les yeux des deux témoins. Ils procédaient à la fouille. Rien.

En même temps Xavier déposait les deux jeunes femmes chez Henri qui était heureux de faire la connaissance de Jade et Vivianne.

— Je vous prépare un bon petit déjeuner.
— Non répondirent les deux femmes. On voudrait seulement dormir.
— OK pas de problème. Les chambres d'amis sont à l'étage.

Henri passa devant pour monter les escaliers.

— Eh ben voilà, mes petites dames vous serez en sécurité, dans cinq minutes vous allez dormir. Vous allez voir ça… Voilà une chambre pour vous Jade et une autre juste à côté pour vous Vivianne… Voulez-vous un pyjama ?

— Non, une seule chambre suffira…. Moi, je dors toujours nue, répondit Jade.

— Oui, une chambre suffira. Moi pareil, je dors nue ! rajouta Vivianne.

Henri et Xavier sortirent de la chambre en laissant la porte entrouverte. Seule une petite lampe de chevet éclairait la chambre d'une lumière toujours aussi douce. Les filles quittèrent leur robe et se mirent au lit. Elles se collèrent l'une contre l'autre. Dans la minute qui suivit elles dormaient à poings fermés.

Henri proposa un café à Xavier. La cafetière fumait. Henri prit deux tasses dans un placard et les posa sur la table. Il y versa le breuvage noir.

— Tu mangeras bien une biscotte ?
— Non ça ira, merci bien.

Tout en remuant son café avec sa cuillère, Xavier décrocha son téléphone. Il forma un numéro et attendit. L'appel parvint à Lefort.

— Lefort ?
— Oui.
— C'est Marechal. Ne cherchez pas Vivianne Ubré, je l'ai planqué avec Jade, l'ouvreuse du club. Maintenant écoutez-moi, faut piéger Langlois.
— Et comment ?
— Laissez-moi faire, je vous rappelle…

Il raccrocha. Un plan naissait dans l'esprit de Xavier.

XXXII

Xavier se précipita vers le couloir et courut à sa voiture. Il bondit au volant et démarra. Il s'enfila dans le flux de la circulation qui n'était pas encore très dense. Il accéléra brusquement, érafla au passage une voiture dont le conducteur se mit à hurler. Deux femmes furent projetées en arrière sans avoir été touchées comme sous l'effet d'un souffle puissant. Il s'arrêta à la Gare *RER* de la *Défense* pour y déposer le fameux cahier dans une consigne.

Il forma un numéro et attendit. L'appel parvint à Langlois.

— Oui... Oui… Qui le demande ?
— Marechal.
— Oui… Que me voulez-vous ?
— Vous êtes toujours intéressé par le cahier de Philippe De La Mare.
— Oui… C'est intéressant... Oui… J'arrive… Je vous retrouve où ?
— Au *Rond-Point des Champs-Élysées Marcel-Dassault*… Seul.
— Oui, oui… Seul.

Langlois monta dans une *Peugeot 3008 Allure Business*, noire et cuir intérieur, et… vroum !... Il roulait en direction du *Rond-Point des Champs-Élysées* et prit la direction de la rue de l'*Université* puis traversa la rue de *Constantine*. Il vira à droite sur l'avenue du *Maréchal Gallieni* et franchit le pont *Alexandre III*. Au bout il tourna à gauche sur le cours la *Reine* et rejoignit la rue *François 1ᵉʳ* puis la rue *Marbeuf* et enfin le *Rond-Point des Champs-Élysées Marcel-Dassault*. Là, planté sur le trottoir, Xavier attendait patiemment.

Sept minutes plus tard, la *Peugeot* s'arrêta. Xavier s'assit tout en claquant la portière.

— Où va-t-on ?
— À la gare du *RER de la Défense*.

Langlois conduisait sans trop de nervosité et essayait même d'engager la conversation.

— Qu'est-ce qui vous a décidé ?
— La peur.
— Elle est parfois bonne conseillère.

Il continua à rouler. Un long silence s'installa jusqu'à l'arrivée. Ils descendirent de la voiture et marchèrent jusqu'à l'Escalator.

— Je devrais vous dire merci… Mais entre nous, croyez-vous que vous m'offriez un cadeau ? lança Langlois.
— Qui vous a parlé de cadeau ?... La clé contre un nom !
— Lequel ?
— L'assassin de Philippe, de sa femme et d'Aline Grevêche.
— Croyez bien si je le connaissais…
— Allons, allons, Président… J'ai déjà vu des hommes oublier leurs femmes et leurs enfants… Oublier leur numéro de téléphone… Mais, leur nom, ça jamais !... Langlois, Président de l'Assemblée nationale le jour et criminel la nuit.
— Pfft… Jamais entendu une énormité pareille !
— Vous avez raison, c'est énorme… J'ai commencé à comprendre lors de la fusillade contre Lefort… Pour faire feu sur un commissaire il faut avoir une sacrée protection. Qui peut assurer l'impunité à un truand ?... Un politique ou un flic… Des gros bras de la politique dans ces affaires il n'y en avait pas des masses… La fusillade disculpait

Lefort… Un politique… Dupaire est blessé au genou… Restait donc que vous… Comme erreur ça se pose là !

— Les initiatives sont parfois stupides…

— Lecornu et Dupaire les deux pôles de la bêtise. Le mouton et le pithécanthrope. Depuis vingt ans Lecornu gagnait sa vie grâce à nos affaires tout comme Dupaire … Tous les deux en voulaient toujours plus. Il fallait les stopper. Lecornu c'est moi qui ai donné l'ordre de le retirer de l'échiquier, tout comme Philippe et Christine. Quant à Mademoiselle Grevêche c'est un dommage collatéral dirons-nous… Ah bien sûr ce n'est pas moi qui les ai tués directement. Je n'en suis que le commanditaire... Calvi s'est chargé de trouver l'homme qui fallait pour les exécutions… Ah Calvi… Toujours efficace !... Il connaît toutes les crapules de Paris. Il leur serre la main. Et pour Dupaire c'est vous qui l'avez écarté !... Les profiteurs comme De La Mare, Lecornu et Dupaire m'emmerdent Marechal. Ils gangrènent mes affaires. Vous comprenez qu'il faut que notre communauté continue à diriger les journaux, à subventionner les campagnes électorales, à faire élire ceux qui distribueront ensuite les marchés en leur accordant tous les passe-droits. Nous formons une nouvelle élite. Leurs descendants constitueront l'aristocratie de demain. Grâce aux papiers que vous allez me remettre je pourrai continuer le job… En fait finalement nous faisons le même combat. Quand je fais éliminer De la Mare et quand vous faites éclater l'affaire Dupaire, nous participons à la même lessive.

— Et Christine De la Mare ?

— Oh, l'alcool la rendait bavarde. Elle allait tout raconter. Vous n'avez rien à craindre Monsieur Marechal, nous sommes de la même race. Notre objectif est le même.

Xavier aligna les chiffres, tourna la clé dans la serrure et ouvrit la consigne. Il en extrayait le cartable de cuir noir qu'il lui tendit.

— Vous vous rendez compte que cette minute est historique ! Nous devenons des personnages importants.

— Les psychiatres qui défileront au procès…

— Quel procès ?

— Le vôtre.

— Les psychiatres diront que vous êtes un illuminé, un paranoïaque mais aucun ne dira ce que vous êtes vraiment. Parce que le mot sonne mal dans un prétoire. La vérité c'est que vous êtes un véreux Langlois… Rassurez-vous il y en a eu d'historiques. La corruption me dégoûte sachez-le !... Écoutez-vous un peu…

Dans le haut-parleur de la gare la voix de Langlois résonnait. Xavier était équipé d'un microphone qui permettait à Lefort de tout enregistrer. Dans la salle de contrôle Lefort et Marquet suivaient la scène par écran interposé et enregistraient les aveux de Langlois. Lefort détenait maintenant toutes les preuves pour procéder à l'arrestation du président.

— Vous m'avez piégé Marechal… Tout ça pour Philippe De La Mare ! lança Langlois furieux. Vous avez voulu venger l'assassinat de votre ami, une crapule. Qui un jour ou l'autre nous aurait fait chanter !

Lefort sortit de la salle et hurla.

— Rendez-vous Langlois ! Nous avons vos aveux… La gare est cernée !

Langlois sortit de sa poche un révolver et fit feu en direction de Lefort. Xavier, sans réfléchir, riposta et l'abattit.

Marquet se précipitait aux pieds de Langlois. Blessé à la main.

Lefort s'approcha de Xavier qui lui tendit son arme.

— Merci ! lança Lefort.
— De rien. Il faut qu'il paie maintenant !
— N'ayez crainte, nous avons assez de preuves pour qu'il passe quelques années en prison.
— Maintenant reste encore Calvi et le tueur…
— Oui vous avez raison. Mes hommes sont sur leurs traces.
— OK.
— Où avez-vous planqué les filles ?
— Ça ce sera pour plus tard… Je vous laisse…

<h1 style="text-align:center">XXXIII</h1>

Quai des Orfèvres, Lefort n'avait qu'une idée en tête : mettre la main sur Calvi et Barani. Autour de la table de la salle des opérations, le silence était chargé d'électricité. Lefort le rompit. Il avait posé ses coudes sur les bras de son fauteuil et sa voix avait pris des sonorités rudes et impérieuses.

— Mesdames Messieurs une opération de haute priorité, je vous prie d'écouter... Telles sont nos cibles. Ange Calvi et Pierre Barani...Tous deux de nationalité française... Vous couvrez leurs téléphones... Derniers domiciles connus... Voitures et comptes bancaires... Cartes de crédit et leurs déplacements... Mettez-vous au travail, lança-t-il en plaçant devant lui un bloc-notes jaune.

— Alors il me faut les téléphones ! ordonna Marquet... Débrouillez-vous... Il me faut les téléphones !

— Cinq secondes... Ça y est, j'ai le numéro de Calvi... Il s'agit du 0625649836, lança un enquêteur.

— Bien ! grommela Lefort avec un sourire aux bords des lèvres...Qu'on le localise...

*

* *

Pendant ce temps, Van de velde contactait Calvi et Barani. Un rendez-était convenu à Saint-Nom-La-Bretèche.

Enfermés dans leurs pensées respectives, Ange et Pierre roulaient en silence. Ange était au volant tandis que Pierre gobait une poignée de petites pastilles. Il remit soigneusement la boîte dans la poche de son pantalon.

Ange avait pris le boulevard périphérique et s'engouffrait maintenant sur l'autoroute A13. La voiture atteignait une allure folle. Désormais il roulait en direction de Saint-Nom-la-Bretèche. Le point de rendez-vous n'était plus très loin.

La nuit commençait à tomber. Ils dépassèrent un petit bois et prirent le chemin de traverse qui les conduisait jusqu'à une longue bande de terre entre l'orée du bois et l'amorce d'une colline.

Ange suivait l'adresse précise du mystérieux lieu de rendez-vous, quelque part à Saint-Nom-la-Bretèche.

Au bout de l'allée, Ange découvrait un mur de pierre qui s'enfuyait à droite et à gauche, sous les arbres, de part et d'autre d'une haute et large porte en fer forgé, dont les deux battants étaient ouverts. À gauche, une plaque de métal cuivré était fixée au mur, où s'écrivaient en lettres dorées et rondes les mots Domaine de la Bretèche.

La voiture avait franchi la grille et roulait au ralenti sur l'allée sablonneuse, qui serpentait entre les grands arbres, assez espacés à cet endroit.

Soudain, alors que, devant l'étoile à trois branches de la *Mercedes*, l'allée se séparait brusquement en deux chemins divergents, Ange aperçu sur sa droite, entre les arbres, la forme à la fois massive et élancée d'un bâtiment construit en petites briques rouge sombre et surmonté d'un toit d'ardoise. À la jonction des deux allées, un petit panneau de bois en forme de flèche était fiché dans l'herbe soigneusement entretenu, sur lequel était écrit un seul mot, en lettres noires : Motel. C'était la direction.

Environ cent mètres plus loin, la voiture déboucha sur une sorte d'esplanade.

L'auto s'arrêta devant le bâtiment sur le côté duquel s'étendait un petit parking où se trouvaient cinq ou six voitures plutôt haut de gamme, pour autant que les deux hommes purent en juger. De l'autre côté se trouvaient rangées de petites voitures électriques comme celles qui sont en usage sur les terrains de golf.

Ils laissèrent la voiture ici et se séparèrent. Pierre resta à l'extérieur pour assurer une surveillance. Il sortit une cigarette d'un étui de cuir noir, il l'alluma, aspira dessus et expira la fumée tout en faisant le tour du bâtiment.

La porte poussée, Ange fonça droit vers le comptoir de la réception. La lumière était douce, tamisée, légèrement bleutée. Il avança en regardant à droite et à gauche. Un peu de bruit venait du bar, au fond. Derrière le comptoir se trouvait un employé préposé à la réception qui regardait la télévision.

Le type était jeune et avait l'air de s'en foutre complètement.

— Bonsoir Monsieur… Que puis-je pour votre service ? s'enquit le petit blond de la réception, d'une voix douce.
— Bonsoir Monsieur… On nous a donné rendez-vous ici… Nous avons une chambre de réservée.

L'employé plissa les yeux et avant de répondre consulta un papier.

— Vous êtes Ange Calvi ? dit-il.
— Monsieur Ange Calvi, rectifia-t-il.
— Y a ça pour vous, fit l'autre en lui tendant une enveloppe… Votre ami a réservé le bungalow numéro 3. C'est le troisième à partir d'ici, en suivant la courbe de l'allée. Si vous voulez, nous pouvons vous faire accompagner dans l'un de nos véhicules électriques.
— Non, je crois que nous allons marcher un peu…
— Vous avez bien raison : il fait une soirée superbe et ce n'est vraiment pas loin… Voici votre clé.

Ange le remercia et se mit à l'écart pour ouvrir l'enveloppe. À l'intérieur, il y avait une feuille tapée à la machine et un billet de cinq cents euros. Pierre entrait au même moment et se pencha pour lire avec lui.

Chers amis

J'ai l'argent comme convenu. On se retrouve demain à 6h30 à l'orée du petit bois pour le transfert. Passez une bonne nuit ! Après tout ça il serait souhaitable de nous oublier mutuellement. C'est-à-dire que je vous oublierais autant qu'il vous sera possible de m'oublier.

V.

Pierre s'assit sur le coin d'une table et sortit un mégot de cigarette du tréfonds d'une poche.

Ils pivotèrent sur leurs talons, sortirent de la réception, descendirent vers la large allée sablonneuse et se dirigèrent vers les bungalows qui la bordaient. Au bout du chemin, ils arrivaient finalement à hauteur du troisième.

Le chemin était entouré par une douzaine de bungalows, assez grands et très espacés les uns des autres, tous adossés au bois de feuillus qui semblait faire tout le tour de la propriété. Certaines de ces constructions étaient en bois, type " chalet ", d'autres en différentes pierres, ardoises ou lauzes, de style ancien ou au contraire résolument moderne.

*

* *

À Paris, au 36 Quai des Orfèvres on s'activait toujours. Un ordinateur affichait le tracking du mobile de Calvi.

— Il est localisé au domaine de la Bretèche.
— Donnez-moi la position !
— La cible est actuellement à l'intérieur du domaine qui se trouve à trois kilomètres deux cents de la forêt de Marly.

— OK. C'est bien. Trouvez-moi un endroit pour planquer là-bas…
Localisez-moi la chambre.

Les enquêteurs pianotaient sur leurs claviers d'ordinateurs.

— Alors on l'a cette chambre ?
— Oui enfin ce n'est pas une chambre mais un bungalow Monsieur.
C'est le n°3… Vous switchez le central téléphonique de l'hôtel… Vous
redirigez chez nous toutes les communications du bungalow n°3.

XXXIV

Vivianne ouvrit les yeux et alluma.

La première chose qu'elle découvrit fut le plafond de grosses pierres, voûté et légèrement humide, juste au-dessus d'elle. Il y pendait une ampoule nue, au bout de son fil torsadé, qui donnait une lumière faible, jaunâtre, sinistre.

Elle n'avait pas dormi longtemps. Elle s'était réveillée en sursaut. Vivianne, la fille au corps à la fois mince et musclé, admirablement proportionné, sentait monter en elle un autre sentiment. Elle effleura volontairement les fesses de Jade qui se retourna vers elle.

Couchée sur le côté, Vivianne montrait ses petits seins à peine renflés et ses hanches étroites, impression juvénile encore renforcée par le fait que son pubis, aussi blond que ses cheveux, ne présentait qu'un léger duvet de poils très fins, presque invisibles.

Elle caressait les cuisses de Jade qui entrouvrait les yeux.

— Je veux que nous passions une nuit inoubliable... chuchota Vivianne, tandis que sa poitrine s'écrasait amoureusement contre celle, plus menue, de Jade.

197

Les lèvres des deux jeunes femmes se joignirent lentement, et l'on n'entendit plus que le léger bruit de la succion.

— Tes cheveux… Tes yeux… Ton sourire… Tes seins… Ta démarche… Tu es si belle. Si irrésistible, murmura Vivianne.

Elles s'embrassaient étroitement, et frissonnaient toutes deux dans un même moment de tension lorsque leurs poitrines se plaquaient l'une contre l'autre. Leurs bassins, à leur tour, se collaient, chacune introduisant une cuisse entre les jambes de la compagne d'un soir. Leurs mains s'étaient posées sur leurs fesses qu'elles caressaient vivement.

En quelques secondes, la tension sexuelle montait en flèche. Elles se mirent à gémir au cœur d'un baiser brûlant en se frottant l'une contre l'autre, les yeux fermés. Jade laissa descendre ses baisers du haut de la cuisse jusqu'aux chevilles de Vivianne.

Jusqu'ici, elles n'avaient toujours pas articulé un mot.

Un dernier cri, une dernière secousse pour raidir leurs reins, une dernière crispation de leurs ongles sur les oreillers ; leurs yeux restèrent fermés quelques temps, alors des vibrations de plaisir traversaient encore leurs corps effondrés.

"C'était bon..." murmura Jade émerveillée en contemplant le plafond.

Le téléphone portable de Vivianne sonnait juste après qu'elle avait bénéficié d'un splendide orgasme sous les lèvres douces et la langue habile de sa compagne d'un soir.

C'était Pierre qui prenait de ses nouvelles. Elle restait sur la réserve et ne lui donnait que peu d'information. Elle avait su qu'il était au domaine de Bretèche. Et qu'il rentrait à Paris le lendemain. La communication fut brève car Barani ne voulait pas faire détecter son téléphone par les keufs.

C'était dans le grand lit que Vivianne et Jade s'étaient enfin endormies, repues d'amour, nues et tendrement enlacées, leurs deux corps effleurés par les rayons d'argent de la lune.

XXXV

Lefort et Marquet quittaient Paris dans la nuit. Xavier les suivait.

Une heure plus tard, la forêt de Marly était complètement quadrillée par la police. Lefort et Marquet s'empressaient de se cacher un peu plus loin dans un chemin creux, entouré de hautes haies bien fournies pour ne pas être vu de la route. Xavier s'avançait un peu plus haut pour pénétrer plus loin dans le bois par un chemin forestier plus ou moins carrossable. Mais l'Italienne était cachée.

Lefort prit son talkie-walkie et signala leur présence.

— Nous sommes en position. Attendons ici !... Marechal est plus haut dans le bois.

Les policiers, tous en civil, s'étaient éparpillés et dissimulés dans la forêt tout près du domaine de la Bretèche. La forêt domaniale s'étendait sur plus de 2 000 hectares et sur une longueur d'environ douze kilomètres d'est en ouest. La surveillance était serrée et précise pour éviter la fuite des individus traqués. Et le motel faisait partie du dispositif.

*

* *

Dans le bungalow n°3 six heures sonnait. Pierre était debout. Il

199

n'avait pas fermé l'œil de la nuit. En revanche, les réveils d'Ange étaient difficiles. Il se contenta de faire le sourd au tapage matinal de Pierre qui se débarbouillait devant le lavabo. Ils prirent une boisson chaude à la machine à café de la réception, sortirent et s'engouffrèrent dans la *Mercedes*.

Comme la veille, Ange se mettait au volant. Pierre tira sur sa ceinture de sécurité et s'attacha. Ange démarra et accéléra. L'auto roulait à bonne allure mais sans excès.

*

* *

Au même moment un camion était signalé sur la route menant au petit bois. Le conducteur stoppait à l'entrée du petit bois. Le camion, conduit par Van de velde, s'engageait sur un chemin sablonneux et pénétrait à l'intérieur du bois sur une dizaine de mètres. Il effectua un demi-tour prêt à repartir. Xavier l'avait juste en point de mire.

Xavier signala par téléphone l'arrivée du Belge à Marquet.

— Un petit camion blanc s'est engagé sur le chemin…. C'est une espèce de camion frigorifique… Attendez… Quelque chose est écrit sur son flanc, que je ne parviens pas à lire d'où je suis.
— Donnez-moi le numéro de la plaque du camion ! ... On effectuera une recherche… Vite !
— 1495 NH 75….
— Je répète 1495 November Hotel 75
— Exact….
— Reconnaissez-vous le conducteur ?
— Non… Je vous envoie une photo du type !

*

* *

Au domaine de la Bretèche, la *Mercedes* quittait le parking.

Un policier qui planquait à la réception signala son départ.

— Les deux cibles quittent le nid… Je répète les cibles quittent le nid…

— Bien reçu, répondit Lefort.

*

* *

Quelques minutes plus tard, la salle opérationnelle communiquait les renseignements à Lefort par radio.

— Plaque identifiée… Camion volé depuis trois jours… Photographié en Belgique… L'homme est connu des services. Il s'agit de Geert Van de velde né le 15 avril 1970 à Aarschot en Belgique… Est installé en France depuis 2002… Connu pour recel de bijoux… A beaucoup de contacts avec les réseaux belges.

— OK.

— Je confirme que depuis plusieurs heures une plainte pour vol a été déposée par le patron de la société, auprès du commissariat du XVe.

— Pour le vol du camion en question ? demanda Marquet, en remontant ses lunettes d'un petit geste sec et machinal de l'index.

— Exactement. C'est ce que je lis sur la copie du dépôt de plainte.

— Merci c'est noté !

*

* *

Le point de rencontre avec le Belge était à sept minutes du Domaine de Bretèche. Ange s'engageait sur la route des Muses. Il roulait en direction du nord-est sur l'avenue des Platanes vers la rue du Moulin À Vent. Il continuait sur la route de Saint-Germain et tournait à gauche sur la D98 puis légèrement à droite vers la route Royale. Ange arrivait au point de rencontre et vint se garer à proximité du camion.

Immédiatement, Lefort annonçait.

— Visuel sur les cibles !

Ange coupa le moteur de la *Mercedes*. Pierre descendait de la voiture pour faire rapidement un petit tour du coin et s'assurer que tout était OK.

Lefort les surveillait avec une paire de jumelles. Marquet photographiait pour fixer la scène. Il lança un message à la radio.

— Pierre Barani vient de descendre de la *Mercedes* côté passager… Calvi sort de la voiture… Que personne ne bouge sans mon ordre !

Ange fit quelques pas pour saluer le Belge. Pierre s'avança à son tour et lui serra la main.

— Les deux cibles rejoignent le camion.
— Bien reçu lança Lefort à la radio… Que personne ne bouge.

Pierre fit le tour du camion et lisait furtivement l'inscription :

Place du marché – Plats préparés

Geert ouvrit l'arrière du petit camion blanc qui laissait apparaître d'innombrables liasses de billets. Les yeux de Pierre s'écarquillèrent. Il avait devant lui des liasses de billets de dix centimètres d'épaisseur, attachées par un bracelet de couleur. Il se rapprochait pour les toucher du bout des doigts. Puis, il s'empara d'une liasse, et réalisa que le billet du dessus était un billet de cinq cents euros. Une bouffée de chaleur s'empara de lui quand il passa en revue les autres billets. Il y en avait des milliers, et tous de la même valeur.

Ange lui emboitait le pas. Lui aussi, il n'avait jamais vu autant de cash de sa vie. Sous le choc, Ange en pleurait presque en voyant l'empilage des billets de banque, regroupés devant lui. C'était vraiment impressionnant.

Les trois hommes se congratulèrent.

— Allez maintenant faut vous bouger ! Faut pas rester là, c'est risqué !
— Oui tu as raison Geert ! Filons Pierre !
— File-moi les clés de la *Mercedes* et partez directement avec le frigo !

— Tiens, les voici !...

Geert les salua d'un geste de la main, monta dans la voiture et démarra.

*

* *

— Lefort, le Belge fiche le camp ! chuchota Xavier dans son téléphone.
— OK, bien reçu !... Que personne ne bouge !

Xavier, vêtu d'un treillis et d'un tee-shirt vert, restait caché derrière un fourré. Il était allongé au sol. Il avait les yeux grands ouverts sur les deux complices.

Ange marchait lentement jusqu'à la cabine dans laquelle il grimpait. Seul Pierre restait à l'arrière. Il refermait les portes du camion sans oublier de glisser une liasse de billet dans chacune de ses poches de veste et de pantalon.

Ange ne s'en était même pas aperçu. Il s'était mis au volant.

Xavier se demandait de plus en plus s'il était raisonnable de poursuivre son attente. Il décida de balayer de la main les ordres de Lefort. Il se mit à ramper çà et là dans le bois. Effrayé soudain de la froideur avec laquelle il envisageait d'attaquer il se calma en pensant à ses amis Philippe, Christine et à Aline. Au fond de sa cache, il jouissait de la forêt, de son calme. Il se glissa le long de la lisière du bois pour atteindre son but. Arrivé devant un buisson, il prit le parti de le contourner. Il se mettait en branle pour pouvoir, le cas échéant, bondir en avant, aussi rapide que l'éclair. Il se heurta à Pierre qui, tout aussi silencieusement que lui et sans se douter de rien, venait à sa rencontre de l'autre côté des buissons qui venait soulager une envie pressante.

Sous le choc, immédiatement et sans presque une seconde de surprise, ses mains se levèrent et saisirent Pierre à la gorge. Mais son adversaire

203

n'avait pas hésité lui non plus ; des griffes lui déchirèrent les joues, cherchant ses yeux, tandis qu'un genou tentait de le frapper entre les jambes, mais ce premier coup s'écrasa contre sa jambe qui avait contrecarré le geste.

Une vague de chaleur fit frissonner le corps de Xavier. Il sentit que sa respiration se bloquait. Tous deux firent en même temps un pas en arrière. Ils se retrouvèrent prêts à se battre à coups de poings. Le poing de Xavier fut détourné par celui de Pierre et, avant qu'il ait pu se remettre en position, Xavier frappa. Il visa l'épaule et retint un peu son coup si bien qu'il l'atteignit, à hauteur du bras. Pierre se baissa. Mais ce fut pour recevoir un second coup à la hanche. Tombant à genoux, il roula aussitôt sur lui-même pour s'éloigner. Aussi rapide que lui, Xavier redoubla son coup, cette fois à l'épaule. Étouffant une plainte sourde, Pierre, la veste et la peau déchirées, roula une fois de plus sur lui-même en tirant de la ceinture de son pantalon couleur terre un petit pistolet. Mais une fois de plus, Xavier fut sur lui, le pressant contre le sol, lui arrachant son pistolet.

En vain tenta-t-il d'atteindre son visage, ses yeux. Il lui avait saisi les bras, l'écrasait contre l'herbe de tout le poids de son corps. Il essaya encore une fois de se servir de ses jambes, de ses genoux. Tremblant de rage, les poings crispés, il voulut aussi le frapper de la tête, mais il évita cette dernière réaction en enfouissant la sienne dans le cou de l'ennemi.

Jusqu'alors ils n'avaient pas dit un mot. Leur combat s'était déroulé dans un silence qui s'achevait en un halètement. Pierre avait finalement fermé les yeux, les ailes de ses narines frémissaient encore. Et il serrait les dents si fort que ses mâchoires lui faisaient mal.

Pierre avait cessé de vouloir le frapper au crâne. Ses muscles se relâchaient malgré lui, ses poings s'ouvrirent. Lentement, il souleva les paupières et regarda son vainqueur. Il était couché sur lui, levant maintenant la tête, si bien qu'il vit son visage frotté de terre brunâtre.

— Tu as tué mon meilleur ami. Le sais-tu ?... Tu as tué mon ami, Philippe De La Mare...
— Oui.

Il se sentait comme paralysé à tous les endroits où il avait reçu des coups de poings. Il est fort, pensa-t-il en le mesurant du regard. Très fort, et ses épaules sont larges.

Lefort avait lancé l'assaut. Ses hommes avait mis hors d'état de nuire Calvi. Il s'avança près de Xavier qui était toujours couché sur Pierre. Ses muscles commençaient çà se tétaniser.

Lefort l'aida à se relever. Marquet se chargeait de passer les menottes à Pierre qui était trainé jusqu'au fourgon cellulaire sous bonne escorte et conduit à l'hôpital sous très haute surveillance.

— Mais vous êtes blessé ! Venez vous asseoir. Je vais vous faire soigner…
— Non… Ça ira je vais rentrer… Impressionnant, non tous ces billets ?
— Oui, je n'en ai jamais vu autant !
— Moi non plus…
— Je ferai en sorte que vous receviez une récompense. Vous l'avez bien mérité… Merci pour votre action Monsieur Marechal !
— Ça va, ça va… Assez de flagornerie !
— Voulez-vous que je vous fasse raccompagner ?
— Non, j'ai ma voiture…
— Au fait Madame Ubré et sa copine vous les avez planqués où ?
— C'est mon secret commissaire… en se tenant l'épaule.

Lefort serra la main de Xavier et chacun marchait en direction de sa voiture.

XXXVI

Xavier avait rejoint le hameau *Boileau* ; la charmante maison d'Henri, l'artiste peintre.

Xavier sonna pour s'annoncer. Après l'appel le portail s'ouvrit et Xavier rangea sa voiture sur une des deux places. Henri, Vivianne et Jade l'attendaient sur le seuil de la porte.

Il descendit de la voiture en claudiquant et en se tenant l'épaule. Jade se jeta à son coup et l'embrassa vigoureusement.

— Viens par ici… Mais tu es blessé ! Henri des pansements s'il te plaît !

Vivianne lui coupa la parole.

— Tu as retrouvé Pierre ?
— Oui, je me suis battu avec lui… Il est blessé mais rien de grave… Il a été arrêté...
— Merci… Tu l'as sauvé d'une mort certaine !

Vivianne et Jade s'empressaient de prendre Xavier sous les aisselles et lui aidèrent à grimper jusqu'au perron. Elles le soutinrent et l'accompagnèrent jusqu'à la chaise qui avait été avancée par Henri. Et elles l'assirent.

Jade s'écarta de côté, tout en observant Xavier qui se laissait choir lourdement sur la chaise, le visage livide, les dents serrées si farouchement qu'elle voyait saillir les muscles des maxillaires.

— Montre un peu ça, dit Jade, en écartant la main sous laquelle Xavier comprimait sa blessure.

Il y eut un instant de silence aussitôt noyé dans le hurlement de douleur qui échappa à Xavier qui venait de bouger l'épaule. Jade aperçut la plaie irrégulière qui lui lacérait l'épaule et d'où s'échappait du sang.

— Il faut un toubib ! répéta Henri.

Jade regarda Henri.

— Non, pas besoin… Je vais lui faire un pansement et lui mettre le bras en écharpe pour bloquer l'épaule… N'aie pas peur, mon chou.

Elle scruta intensément le visage de Xavier, que la douleur crispait encore. Il portait une vilaine marque violacée en travers du front. Elle se mordit la lèvre, les yeux anxieusement fixés sur l'épaule de son amant.

Henri déposait ce qu'il avait ramené de l'armoire à pharmacie.

Jade prit la bouteille d'alcool sur la table, et la rapporta près de Xavier à côté duquel elle s'agenouilla.

Après avoir débouché la bouteille, elle prit une compresse, l'humecta d'alcool et en tamponna les tempes, les joues, désinfecta la plaie de l'épaule et fixa un bandage. Ce qui tira une grimace de douleur à Xavier.

— Ça va t'empêcher de bouger le bras, lança Jade.

Xavier se remit rapidement de ses blessures chez Henri.

Épilogue

Le juge inculpe :

— Pierre Barani pour assassinat sur les personnes de Christine De La Mare, Philippe De La Mare, Nicolas Lecornu, Aline Grevêche, tentative d'assassinat sur la personne de René Lefort, personne dépositaire de l'autorité publique, détention sans autorisation d'armes et munitions de 1re et 2ème catégorie, vol en réunion, destruction volontaire de matériel aéronautique…. Il encourt la prison à perpétuité sans remise de peine.

— Ange Calvi pour avoir commandité des assassinats, avoir détenu sans autorisation d'armes et munitions de 1re et 2ème catégorie, vol en réunion, destruction volontaire de matériel aéronautique…. Il encourt la peine de prison à perpétuité.

— Langlois pour avoir commandité des assassinats. Il encourt la peine de prison à perpétuité.

— Geert Van de velde pour recel et vente de marchandises volée. Il encourt une peine de sept ans de prison.

— Les autres protagonistes du vol des diamants ont tous été arrêtés et encourent pour avoir détenu sans autorisation d'armes et munitions de 1re et 2ème catégorie, vol en réunion, destruction volontaire de matériel aéronautique, une peine de prison à perpétuité.

Achevé d'imprimer en 2022

ISBN : 978-2-9574626-4-3

Dépôt légal : Septembre 2022

Prix : 10,00€